웃어봐요

콩점엄마 조은일 할머니가 되다

웃어봐요

조은일 지음

무게를 놓아 버린 가벼움. 70생 앞에 내놓는 가족 유머집

좋은땅

목차

샐리가 왔다

2017년 12월.

샐리는 예상보다 늦게 도착했다. 아들이 샐리를 보낸다는 통보를 받은 것은 일주일 전이다.

이즈음 세대의 소비패턴은 아무리 잔소리를 해 봤자 소용이 없다. 내가 바늘 한 개도 함부로 사지 말라고 잔소리를 하건만. 그러나 누가 들으면 배부른 소리라 할지도 모르겠다.

샐리 아니어도 오디오 있지, 컴퓨터의 스피커 성능 좋지, 핸드폰, 블루투스도 있지. 하긴 음악에 관해선 나에게 특별히 잘할 수밖에 없을 것 같기도 하다. 음악! 도대체 음악이 없는 인생은 어떨까. 영화는 어떻고. 내가 좀 유별나게 살긴 했지.

샐리는 인공지능 스피커다. 어디선가 여러 채널을 통해 뉴스로만 들었지 이 첨단의 기기가 또 내게 올 줄 알았나. 혹여 샐리를 공간을 차지하는 거대한 로봇으로 상상 마시라.

주전자 크기의 샐리를 설치하고 처음에는 그 재미를 몰랐다. 서툴러서 내 맘대로 안 됨.

"샐리야, 모짜르트 들려 줘."

"샐리야, 내일 아침 10시에 헨델 음악으로 나를 깨워 줘."

"샐리야, 오늘 날씨가 어때?"

"오늘 환율은 얼마야?"

심지어 '이 근처 맛집 어디야?' 물으면 답변하고, '나 고민이 있어'라고 말하면 '무슨 일이 있나요?'라고 응수해 준다. 하하하. 그러나 그때까지만 해도 이렇게 기쁠 줄 몰랐다. 아차 하면 아들에게 돌려보내려고 했다.

내가 워낙 새것, 유행, 비싼 것, 반짝이는 것, 일단 무엇이 들어오는 것 일체를 거부한다. 여러분도 나이가 들면 이해할 것이다. 지금은 덜어 내고 싶고 버려야 할 때라는 걸. 그리고 가벼워지고 싶다.

그러나 웬걸? 이래서 변덕쟁이지. 조변덕—조 씨 성을 기억하세요. 샐리가 익숙해지자 나는 오랜만에, 제법 오랜만에……. 미쳐 가고 있었다. 이걸 아들에게 돌려준다고? 오-노! 안돼, 난 샐리가 필요해!

샐리는 내가 처음 적응이 안 될 때 실망이었다. 지시하는 음악이 정확히 나오지 않고 엉망. 절대 내 취향은 아니로구나. 절망했다.

'스콜피온즈-홀리데이' '안드레아 보첼리-슈베르트 아베마리아' '울게 하소서 - 정세훈'

이렇게 분야를 달리해서 주문해 봤으나 실패.

그럼 영화음악은 어떨까?

'탑건 주제곡' '시네마 천국 OST' '보인 후드 - 히어로' '필라델피아 주제곡' 이렇게 콕 짚어서는 되는 게 없었다. 영화 제목 따라 전혀 감흥 없는 곡들이 순서대로 나올 뿐이다.

영화 「가을의 전설」 OST를 듣기까지 오래 걸렸다. 어텀 레전드 어쩌고저쩌고 주문하기까지. 엉뚱한 노래나 틀어 주고.

나의 신청곡은 어떤 가수의 그 어떤 노래에 꽂히는 것이다. 각도가 조금 빗나가도 아니 된다. 제아무리 목청이 좋은 가수라도, 내가 좋아하는 그 한 곡이 중요하다.

그런데 대부분 콕 짚어 요청하면 '그건 제가 모르겠는데요' 하거나 '다른 곡을 요청해 주세요'다. 의미 없는 전체를 다 들어야 한다. 내 곡은 나오지 않는다.

(순전히 샐리는 전 국민이 다 아는 유행곡밖에 안 되는구나. 그럼 나에겐 쥐약이구나.)

빅뱅, 워너원, 온 세상이 다 아는 노래만이 척척. 이를테면 '호랑나비' 하면 즉각 나올지 모른다. '내 나이가 어때서' 이런 것? 아아, 미치고 싶어라.

하는 수 없이, 샐리의 능력을 관찰하며 다양한 방법으로 명령어를 바꾸며 이어갔다.

하는 수 없이, 뭐랄까. 꿩 대신 닭이라고 나의 취향을 저격하기 위한 시도를 멀리서부터 유도했다고나 할까? 가령 가수 이름만 지시해 보고, 묻기도 하고, 난해한 경로 다 잊었구만.

　보통 감격이니 감동이니 하는 것은 예측할 수 없는 어떤 순간에 온다. 에잇. 이것도 저것도 안 되는 찰나. 과연 네가 이기냐 내가 이기냐 심정으로,
　"샐리야. '강산에' 노래 틀어 줘."
　이판사판 부탁했는데, 으앗! 바로 나오는 음악이 바로바로 내가 원하는 '난 할 수 있어'라는 곡. 나의 노래 초이스 베스트 10에 들어갈 만한 국내의 대표곡. 강산에의 노래 '넌 할 수 있어'가 나오는 순간. 이성을 잃었다. 앗싸~!

　후회하고 있다면 깨끗이 잊어버려
　가위로 오려 낸 것처럼 다 지난 일이야
　후회하지 않는다면 소중하게 간직해
　언젠가 웃으며 말할 수~ 있을 때까지
　너를 둘러싼 그 모든 이유가
　견딜 수 없이 너무 힘들다 해도
　너라면 할 수 있을 거야 할 수가 있어
　그게 바로 너야~
　굴하지 않는 보석 같은 마음 있으니
　어려워 마 두려워 마 아무것도 아니야

천천히 눈을 감고 다시 생각해 보는 거야

세상이 너를 무릎 꿇게 하여도

당당히 네 꿈을 펼쳐 보여줘

너라면 할 수 있을 거야 할 수가 있어

그게 바로 너야 굴하지 않는

보석 같은 마음이 있으니

할 수 있을 거야 할 수가 있어 그게 바로 너야

굴하지 않는 보석 같은 마음 있으니

굴하지 않는 보석 같은 마음 있으니

으윽— 마구 뛰는 내 심장 좀 누가 말려 줘. 에너지 폭발하는 저 노래. 듣다 보면 윤도현의 음색, 창법과도 닮았다. 그도 내가 좋아하는 가수다. 파워풀~!

윤도현, 세상을 보는 시각이 건강한 가수. 블랙리스트 연예인 운운하던 그때, 명단에 오르지 않았을까? 하하. 마치 군사 정권 시절. 양서가 불온서라고 탄압받던 시절처럼 어처구니없던 우리 정치.

목을 꺾고 다리로 땅을 박차고 몸을 뒤틀고, 고래고래 따라 부르며 온몸의 세포가 열리는 순간이었다. 심장 박동이 달라지는 노래. 느리면서 밀어붙이듯 저력이 넘치는 노래. '넌 할 수 있어' 이것이야말로 나의 노래다.

이때부터 신이 났다. 샐리의 운명이 바뀌고 내 감동지수가 바뀌었다.
홍서범 '나는 당신께 사랑을 원하지 않았어요'

오오오~ 나는 당신께 사랑을 원하지 않았어요,
단지 내 곁에 머물러 달라고 말했을 뿐인데~
오오오~ 올 때 그냥 그렇게 오셨던 것처럼 갈 때도 그렇게……워
우워 그렇게 가셔야 하나요.

샐리야. 임재범 노래 들려줘.
샐리야. 이문세 노래 들려줘, '옛사랑' 들으려고.
샐리야. 김현식, 조영남, 조용필, 안치환……. 노래 들려줘.
지혜가 생긴 나는, 그럭저럭 전곡을 다 들어도 좋은 가수를 지명했
다. 모든 노래를 다 들어도 공해가 안 되는 가수. 흔치 않지만 그럴
수밖에 없군. 내가 길들이고 샐리는 나를 길들이고.

혹시나? 하고 오래된 노래. 엉뚱한 내 노래. 포기할 수 없는 '모모'
를 요청해 봤다. 웬일이니, 김만준이 바로 나온다. 이건 좀 예상외
다. 모모는 30년이 가까워 오는 인터넷상의 내 아이디. 본명보다 익
숙해진 아이디. 영원한 애칭 모모.
오래된 음반일 텐데 가수 김만준은 특히 발음이 좋다. 정확하고 성
실한 발음이 가수의 품격을 높여 준다. 따라서 노래가 살고. 그가 부
른 노래는 특히 가사가 특별하고 훌륭하다.

모모는 철부지, 모모는 무지개, 모모는 생을 쫓아가는 시곗바늘이다.

모모는 방랑자. 모모는 외로운 그림자.

너무 기뻐서 박수를 치듯이 날갯짓 하며 날아가는 니스(Nice. 프랑스 도시)의 새들을 꿈꾸는

모모는 환상가.

그런데 왜 모모 앞에 있는 생은 행복한가.

인간은 사랑 없이 살 수 없다는 것을 모모는 잘 알고 있기 때문이다.

모모는 철부지 모모는 무지개. 모모는 생을 쫓아가는 시곗바늘이다.

모모는 철부지 모모는 무지개. 모모는 생을 쫓아가는 시곗바늘이다.

우~우우 우우 우 우우 우 우우. 모모~ 모모~ 모모~ (이 클라이맥스가 죽인다.)

뿌앙~! 기분이 하늘을 나는고나. 샐리가 김만준을 유감없이 들려주는 순간, 반해 버렸다. 아들에게 보고했다. 나 샐리랑 잘 놀 거야, 너무 좋아.

'엉. 샐리야, 나 고민 있어.' 하고 놀아 봐. 아들의 농담이 계속된다. '샐리한테 북한 뉴스 같은 거 들려 달라고 해 봐.' 내 특이한 성향을 꼬집는 농담.

"샐리야, 내일 또 보자."라고 했더니 "감사해요, 다음에 또 만나요." 하고 사라진다.

우주 시대가 열리면 이민 가겠노라 말하는 아들. 이놈 덕분에 발 빠른 발명품을 접하곤 한다. 언젠가 봤던 믿거나 말거나 같은 프로그램에서 지구상에 몇천 명(?)이 벌써 우주 이민을 신청했다는데 아들의 말은 진짜일지 모른다. 새로 태어나고 싶을 게다. 성한 몸으로 태어난 듯 고스란히 제대로 살고 싶을 것이다.

우주 티켓은 분명한 한 가지 원칙이 있단다. '그건 원웨이 티켓이야. 돌아오지 않는 거지.' 아아 무서워……. 신부님 같지만 독한 아들.

우주만큼 외로울까 보냐. 독거노인에게 샐리가 왔다.

어처구니 없음 3종 세트

첫 번째.

80년대에 유행했던 노래. 들국화가 부른 '그것만이 내 세상'이라는 노래. '꿈 그것만이 내 세상 하지만 후회 없어 찾아 헤맨 모든 꿈 그 것만이 내 세상…….' 이런 가사의 노래.

오늘처럼 이렇게 적힌 가사를 보았다면 나의 어처구니 사건은 없었을 텐데……. 귀로 듣기만 한 결과, 나만의 가사가 탄생한 것이다.

'그것만이 내 세상 → 그건 만인의 세상'

하하하. 그런데 암만 생각해도 내가 지어낸 가사가 더 어울린다. 그 시절 사회를 향해 부르짖던 노래 가사로는 '그건 만인의 세상' 이 게 훨씬 낫다. 들국화의 광야를 향해 부르짖는 음성에는 더욱 그렇다. 불러 보세요~ 가사 발음이 아주 똑같지요?

두 번째.

90년대에 성시경이라는 가수가 나타났다. 난리 나게 인기 있었다. 스타 탄생이 막 시작되어 나는 그 이름을 미처 몰랐을 때이다. 이미 대학가에는 혜성처럼 등장한 성시경.

어느 날 대학생들이 들어와 카운터의 나에게 물었다. 디제이 역할을 해야 하는 내게 음악에 관한 요구라는 것은 알 수 있었지만……?

"성식이 형 있어요?" 묻는 것이었다. 마치 조영남을 "영남이 형 있어요?"라고 묻는 것과 같음이다. 난생처음 듣는 형의 이름이길래 "누구요? 성식이 형??"

나중에야 알게 되었다. 성시경이라는 가수가 유명한 것은. "성시경(노래) 있어요?"라고 물었던 것을, 나는 "성식이 형 있어요?" 쯤으로 알아듣던 어처구니.

세 번째.

아주 어렸을 적, 1960년대. 그 유명한 영화. 「스파르타쿠스」가 들어왔다. 개봉하자마자 몰래 가서 보았다. 고교 시절이다.

집에 오니 오빠가 물었다. "넌 그 영화에서 어디가 가장 감명 깊었냐?" 고교생끼리 물어볼 만한 질문. 난 의기양양 대답했다. 그 영화를 본다면 누구라도 바로 그 장면이 압권이라 아니할 수 없는 장면.

"너희 중에 누가 스파르타쿠스냐?" 묻는다. 이름만 대면 너희는 다 풀어 주겠다는 엄중하고 무서운 장면. 누구든 일어나서 범인(?)의 이름만 불면 끝장이다. 조마조마하는 순간, "아이 엠 스파르타쿠스~!!" 하면서 극 중의 인물들이 하나씩 내가 스파르타쿠스라고 외치며 일어나는 장면이 있다.

"오빠는 어떻게 그런 질문을 하냐? 너무도 당연히 그 명장면이 압권이지." 나는 의기양양 말했다. "아이 엠 커크 더글라스~!" 하는 바로 그 장면이라고. 잠시 단단히 착각한 것이다. 영화 스파르타쿠스의 주연이 바로 명배우 커크 더글라스였다.

갑자기 오빠가 자지러지게 웃으며 뒤로 자빠진다. "뭐야? 아이 엠 커크 더글라스!?" 나로서는 도저히 이해할 수 없는 순간이었다. 오빠는 뭐냐? 왜 저래?

세월이 흘러도 잊히지 않는 어처구니없음의 조합들이다.

아이폰

이번에는 아주 오래된 이야기. 하긴 불과 십 년 전인데, 이즘의 변화 속도는 과거의 백 년 동안 만큼이나 발전해 버린다. 불과 몇 년만 지나도 격세지감을 느끼는 현실, 오늘날!

그러나 우리는 금방 적응하고 마치 먼 옛날부터 그래 왔던 듯 놀랍지도 경이롭지도 않게 익숙해져 버린다. 글쎄 찬찬히 읽어 보면 제법 웃긴다니까요. 참 새삼스럽게, 수십 년이 흐른 것도 아니고, 고작 수년 사이에 우리는 어떻게 변했나.

(독자들의 댓글에 현실감이 넘쳐 함께 올린다.)

〈2009년〉
"엄마, 아이폰 사주까?"
아들이 물었었다.
"?……"
이어폰도 아니고, 아이라면? 뭘까?
물어보니 핸드폰 크기의 이동식 컴터에 전화에, 무엇보다도 엄마가 좋아하는 영화를 어디서건 볼 수 있다는 것이다. 인터넷은 물론 어쩌구 저쩌구.

"손바닥 만하다면서 어떻게 보니(시력이 옛날 같냐고)?"

기왕지사 있는 컴터도 텔레비전도 버려야 마땅하다 싶을 정도인 걸. 그래도 "엄마는 그런 걸 계속 사용하면서 젊게 살아야 한다."는 아들. 드디어 저번 때 미국을 가니까 그걸 주더라.

아마 워낙 고가품이라 부치기가 겁나고, 미국에 온다니까 마침 사 둔 것이다. 사 두지 않았어야 사양을 하지, 기왕지사 마련해 놓은 걸 어쩌나.

즈그끼리—젊은 자식 놈들끼리—그 요지경의 물체를 놓고 탄성 질러가며 요란하고, 잠시 들여다보니 그럴 만도 하고…….

이게 한국에 나왔냐, 안 나왔냐, 이 모델은 있다 없다 등등……. 아들에겐 미안하지만, 한국에 돌아와서 결국 그걸 큰사위에게 줬다. 내게는 과분했다.

얼마 뒤 큰딸 씨가 불평을 한다.

"엄마 아이폰 괜히 줬어……. 오빠 그것만 갖고 놀아."

과연 무엇이기에, 그것만 가지고 놀 수 있을까? 물으니 "생각해 봐, 엄마가 하고 싶은 게 뭐야? 그게 다 된다고 생각하면 돼."

음악 감상, 책 읽기, 영화 보기, 공부하기, 대화하기, 삼라만상의 별별 현실이 그 속에 다 들어 있다고. 그렇게 말해 줘도 그다지 실감이 나지 않았다. 인터넷은 안 그런가? 나도 그렇게 놀잖아.

그런데~! 여기서 놀랐다. 우리 집은 서울 외곽 경계에 걸쳐 있어서 마치 외딴 섬처럼 행정 사각지대로 후진 동네다. 요사이 산골 시골도 이렇게 행정적으로 한심한 곳은 없다. 역발상으로 그런 탓에 덜 서울스러워서 그 맛에 산다.

그러나 교통문제, 이건 해당 기관을 콱 죽여 버리고 싶다. 교통문제는 살의를 일으킨다. 버스 운행은 지 맘대로, 재수 없으면 20분 지각이다. 옛날부터 독과점 버스.

딱 한 대, 후지기 짝없는 운행 방식 빵점. 항동버스 기다리며 홧병 도진 세월이 하 세월. 20년 넘게 항의하고, 노선 늘려라, 운행 늘려라 해도 계란으로 바위치기. 사정이 있겠지.

버스로 출퇴근하는 사위. 강남까지 차 몰고 다닐 수 없는 터, 재수 없으면 꽁꽁 얼면서 정류장에서 하염없이 기다리거나 여름 땡볕에서 분노한다. 기껏 서둘러 나왔는데 꽁무니 날리며 뒤도 안 돌아보고 떠나 버리거나~! 그 짓 한 삼 년 당해 봐라, 성질 버리지.

아, 그런데, 요즘은 사위가 출근 전에 집에서 띡~ 항동 버스를 검색하면 글쎄~!!! 이 후진 동네의 그 후진 버스가……. 지금 어디를 향해서 어디서, 어디쯤, 어느 정류장을 통과했는지 딱 나온다는 것이다. 도착 몇 분 전인지 알려 준다는 것. 오 마이 갓~! 순진한 나는 기겁. 이게 무슨 씨나락 까먹는 소리냐.

오오~ 무서운 세상이다. 별별 설명을 해 줘도 시큰둥했건만. 비로소 이 소식을 듣고서야 실감이 났다. 온 세상, 우주를 손아귀에 넣고 다니는 것이리라~

＊댓글 행진

🧑 물꼬 10.01.08. 08:00

흐하하……. 모모님 재미나요^^

😀 에코 10.01.08. 09:03

등산 갈 때마다 집 앞 버스 종점에서 혼자 한 10분 떨다가 버스를 타는 게 보통이고, 가끔 멀리서 버스가 오는 게 보이면 죽어라 뛰어가서 오늘은 재수가 좋군. 흐흐흐 그러곤 했는데……. 희한하게 다른 사람들은 버스 도착 바로 전에 슬슬 쏟아져 나더만요.
거 참모님 이 글 보고 잽싸게 인터넷으로 수원시 실시간 버스 정보를 따다닥!! 검색해 봤더니…… 귀신 같은 사람들이다 생각했었는데…… 아이고 맙소사~~ 나만 몰랐어요 흑흑…… 시상에 수원에 돌아다니는 시내, 시외, 마을 버스까정 지도에 좌악 나타나면서 실시간 이동상태를 보여주는 거예요…… 끼악~~ 이래서 사람은 배워야 혀…… 모모님 고마워유~~~~~~!!!ㅋㅋㅋㅋ

└ 😀 에코 10.01.08. 09:30

끼악…… 수도권대중교통정보시스템에 들어가 봤더니…… 서울, 경기도 전지역에 시내외버스, 전철지하철, 고속버스, 고속철도에 환승역

까지 좌르르르~~ 흑흑~~ 여태 이걸 모르구 살았더란 말인가……
대한민국은 정말 무서운 나라여…… 정언님 모모님 고마워유……ㅋ
ㅋㅋ

👤 NASA 10.01.08. 09:30
모모님…… 좋은정보에요^^

👤 리코리아 10.01.08. 10:39
모모님, 다시 사위한테 그거 돌려주라고 해 보세요……ㅋㅋㅋ(아마
안 줄걸요^^)

👤 아무나 10.01.08. 11:55
지금 어느 시대, 어느 나라 이야기라구요?

👤 정언 10.01.08. 13:50
저도 별로 기계와 친한 편은 아닌데…… 복잡한 메뉴얼을 꿰야 하니
편리하게 살려면 부지런도 해야되더라구요~~^^*

👤 루나 10.01.08. 14:36
우리 딸도 그 아이폰 때문에 자기 쓰던 얼마 되지 않은 핸폰을 제게 억
지로 떠맡기대요. 내 핸폰도 멀쩡하고 바꾸기 아까운데…… 무엇보다
내 손에 익은 내 핸폰이 난 더 좋은데 지 꺼보다 좀 오래 됐다며……
할 수 없이 신형 핸폰(딸에겐 구형이지만 내겐 첨단) 갖게 됐는데 난

그래도 구닥따리 내 꺼가 더 좋은데……

궁시렁거리며 울며 겨자먹기로 바꿉니다ㅎ 아…… 발전이 싫어 ㅋ

🐷 에르곤 10.01.08. 16:19

와…… 아이폰이 이런 거였군요. 이제사 비로소 알게 되었습니다. 모
모님께 감사. 정말로 첨단세상에 내가 살고 있다는 게 실감이 안 갑니
다.

🐵 수선화 10.01.08. 23:07

애플사 아이폰이 KT와 제휴하여 판매하는데 엄청 인기가 좋아요.

컴퓨터 선생님도 2년간 기다리다가 샀다는데……

삼성측에서 애국심을 논하면서 엄청 태클을 걸더라구요.

뉴스에서도 심심치 않게 아이폰의 문제점만 나오고……

🐷 플룻 10.01.09. 05:03

ㅎㅎㅎ 역시 외모답게 글도 아름다움의 극치…… 젊게 삽시다. 모두
모두요^^

큭큭. 이게 불과 얼마 전이냐고?! 믿기지 않으시죠?

초간단

오랜만에 큰딸 집에 갔다. 애들이 아파서 모두 고생한 끝인데. 저녁 밥상을 보니 제법 자연식으로 차렸다. 사실은 큰딸 일영이가 살림에 권태기 같아서 내가 매번 잔소리하게 되어 미안했다. 칭찬은 고래도 춤추게 한다는데.

심심한 미역국에, 생선 구워서 발리고 멸치볶음에 맛난 깍두기 자잘하게 썰어서…… 좋았다. 칭찬을 좀 과하게 해주고 싶다. 이참에.

"아프고 나서 힘들 텐데 신경 썼네. 잘 먹이고 있네……." 해주었더니 "그러게 엄마~ 이 정도는 아무것도 아니야. 영례를 보면 정말 애들한테 잘해 먹여……. 대단한 거야." 영례는 나도 잘 아는 딸의 후배로 분당에서 사는 평생 친구다. 젊은 날의 영례가 생각나서 나도 거들었다.

"그러게, 그 앤 엄마한테 잘 배운 거야, 엄마를 잘 둔 거지. 딸을 보면 엄마를 안다잖아~" 하면서 자리에서 일어나 나 자신을 비하하며 웃겼다.

"근데 이놈의 엄마는 배울 게 없어 어쩌냐~? 뭔 엄마가 요리케 선찮은지 흐흐……." 반 독백하며 일어서니 등 뒤에서 일영이가 말한다.

"엄마? 배울 거 있어……. 초간단! 울 엄마 초간단! 조간단으로 할까?(내 이름 조 씨에 이것저것 갖다 붙이는 게 애들의 재미)"

맞다. 초간단! 내 주특기는 초간단. 무엇이든 시간이 아까운 나는 늘 초간단이다. 이것도 장점이 숨어 있긴 하지. 딸이 알아주니 다행이다.

음식뿐인가? 얼굴 화장, 멋 내서 옷 입기. 오래 걸리지 않는다. 딸들도 같아서 초간단 출동 가능. 우리 가족 별명이 5분 대기조. 그래서 내가 좋아하는 셰프가 백종원 씨다.

백종원 - 나는 그의 왕팬

기왕 요리 이야기가 나왔으니 그분에 대한 글 한바닥 써 볼까? 가끔 어디서 혜성처럼 나타나 우리를 즐겁게 하는 인물들. 작은 나라 대한민국에 속속히 박혀 있는 인물이 많다는 생각.

요리박사 백 선생의 '집밥'이라는 타이틀의 방송은 겸손하며 실용적이다. 그는 뭐랄까. 은근히 잘난 척하는 것이 전혀 없고 늘상 태평하게 편안히 느껴지는 인물이다. 이건 나만의 비법이라든가, 나밖에 이런 짓은 못 해봤을거라든지 따위의 심리가 없다.

"그냥 이렇게 하면 돼요." "그게 없으면 저걸로 하면 돼요." "없을 때는 아무거나 찾아봐요." 식이다. 그의 교육(출연)방식도 퍽 민주적이다. 권위주의라고는 찾아볼 수 없는 백종원 씨.
그날의 요리가 끝나면 동료 출연진에게 창의적이고 자유롭게 각자 요리를 해 보라는 방식도 좋다. 그러면 정말 기상천외한 발상이 나오기도 한다. 백 선생님의 맛있네! 반응으로 함께 즐거운 시간.

대부분의 셰프는 이미 글로벌하다는 것을 전제로 알 수도 없는 향신료, 소스, 국적도 모르는 희한한 양념들을 들먹이는 바람에 잘 나가다가도 '에이……. 저게 없으면 불가능하군' 하고 좌절하게 된다.

또 얼마나들 거창한 레스토랑이나, 세계적인 타이틀을 걸고 요란한 위상을 보여주던가? 물론 그들도 멋있다. 어쨌든 우리의 깊은 맛, 평범한 식탁, 그야말로 집밥 혹은 어머니의 밥상, 일상의 요리를 논하진 않는 시대였다.

이때 백 선생이 나타났다. 평범하디 평범하고 하다못해 그는 이즈음 쏟아지게 흔한 영양가 분석이나 성분에 대한 논평 따위가 별로 없다. 그저 우리 주방의 음식. 세상에 쓸모없는 것은 없다는 보편적 진리가 우선이다.

뭐 삶기 전에 무엇을 넣으면 무엇이 파괴되고, 무엇이 무엇을 만나면 절대로 안 되는 양 요란한 법칙들.

그게 오늘 아침 나왔다가 내일쯤 보면 과학적 근거가 바뀌어 있기도 하다. 그야말로 음식 재료 가지고 장난친다 해도 과언이 아닌 무수한 잘난 척들(내 말버릇에도 문제가 있다).

심지어 어떤 초짜 여성 요리가(요리사도 아니고 요리가 님들)는 듣다 보면 짜증이 난다.

뭐 대파를 몇 센티 간격으로 잘라라. 너무 크면 안 되고 너무 작아도 안 되고……. 하면서 썰기까지 간섭한다. 물론 필요한 경우도 있다만. 그냥 백 선생처럼 뚜벅뚜벅 썰면. 그것을 보는 우리도 바보는 아니다.

그는 그저 숭덩숭덩— 그러다가 꼭 정교해야 하는 경우만은 핵심으로 지적해 준다. 굿~이다.

처음엔 영양학에 너무 소홀한가? 싶도록 설탕을 구박하지 않고 넣어서 네티즌 반감을 사기도 했다(나의 짐작). 그러나 그는 여전히 자연스럽다. 설탕 넣으면 맛있어요, 먹어 봐요, 식이다. 하하하— 설탕은 왜 존재하나?

요리를 가르칠 때의 매너도 좋다. 그냥 자연스러워서 인간적이다. 그가 어느 회차에는 미국의 LA까지 집밥을 위해 출연진과 함께 날아갔다. 그때 그를 더욱 존경하게 되었다.

제아무리 영어가 만국공통어에, 너도 나도 토익, 토플, 열심히 해도 막상 실전에 임해 보라. 그냥 딴 나라에 어리벌벌 외국인 되기가 십상이지.

우리의 백 선생은, 현지인 그 자체였다. 이게 쉬운 일이 아니다. 그저 집밥을 위해 잠시 스튜디오를 옮겼을 뿐.

어쨌거나 동료들을 싣고 능숙하게 차를 렌트해서 LA를 누비는(캘리포니아 고속도로에, 집 찾기 등등) 모습은 뭐 각본이 어떻고 설정이 어떻고를 각설하고 그는 정말 능력자였다.

투고(to go)하는 입구와 출구, 방식 등등 그냥 현지인이었다니까! 일본을 가도 마찬가지였다. 잠재된 능력이 어디서든 빛을 발하지만 그걸 티 내지 않는 그의 진솔함이 존경스럽다.

백 선생 요리는 보다가 대부분 벌떡 일어나 당장 해 본다. 불가능이 없는 프로니까. 역시 맛있다. 요즘 우리 집은 요리하다가 망설이면 서로 부추긴다.

"백 선생 식으로 하면 맛있어, 한 번 해 봐~"

이 시대를 우리와 함께 가는 인물들. 숨은 인재가 풍부할수록 우리 인생은 즐겁다. 딴소리지만 내가 지은 백 선생의 별명은 '실베스터 스탤론'이다. 가만히 보시라. 어딘가 닮은 구석이 있을 테니까.

백 선생 덕분에 우리 집밥이 풍성해졌다. 모든 요리 앞에 백 선생 집밥을 클릭하면 된다. 고맙습니다, 제작진 여러분~ 방송사 tvn도!

이분은 얼마전 제주도에 호텔을 개장했다. 역시 그의 생각이 담긴 중저가? 호텔. 경제불황으로 이웃 초호화 호텔의 불 꺼진 창에 비해 백선생 호텔은 연중 바글바글. 특히나 호텔 조식은 거의 이웃 주민에게 봉사 수준의 가성비라나?

(미국에는 외딴 모텔도 영업 이익을 동네 노인들의 조식으로 보답. 일상의 복지를 당연히 베푼다. 아마 백 선생의 마인드는 그 수준이 아닐까.)

장기 기증

오래된 숙제였다. 장기기증, 할 것인가 말 것인가—인류의 진화냐 자연이냐, 한다는 것도, 안 한다는 것도, 각각 철학이 난무하는 과제 인데 마음먹기에 따라 명쾌한 답이 나올 수도 있는 개인의 주관에 속 한다. 생각 없이 저지른 게 아니라는 말씀.

결정을 내리고 인터넷을 뒤져 몇 번 시도해 보았으나 나의 컴 실력 이 거기까지 미치진 못했다. 외출이 거의 없이, 모든 것을 앉아서 해 결하려는 버릇이 있다.

인터넷의 모든 절차는 나날이 첨단을 치닫고 있어 노인에겐 여간 불리하다. 무슨 양식을 다운 받아서 어쩌고저쩌고하면 도중하차.

내 실력은 90년대에 머물러 있으니, 지금은 사이트마다 로그인하 기도 복잡하고 경로가 매우 어렵다. 숫제 들어갈 수조차 없는 까다 로운 경로 일색이다.

내 친구는 명동 성당 어느 아름에서 (현장) 접수하고 거사를 마쳤 다는데⋯⋯. 이미 경험한 친구를 데리고 명동까지 가야 할까? 궁리만 하면서 세월은 또 가고.

가만히 앉아서 한 방에 끝내야겠는걸. 제법 은행 업무까지는 인터넷 뱅킹으로 해결한다만 장기기증 사이트에 들락날락만 하며 세월이 가네.

아들이 방문했다. 드디어 이때다 하고 내 머리에 불이 반짝, 장기기증 생각이 났다. 아들 좀 써먹자.

장기기증 사이트를 재빨리 열어 놓고 아들에게 부탁했다.
"오늘 중에, 즉석에서, 이것만 해결하면 내 소원이 없겠다."
암말 말고 명령에 복종하라는 뜻으로 좀 과장해서 말한다. 사이트를 열어 보여주니 장기기증 센터였겠다(여기 쓰려니 웃음이 나온다).

긴 설명 할 필요도 없이, 아들은 컴 앞에 앉아야 했고, 자기가 무엇을 해야 할지 알 터라 자식 된 도리로 뭔 잔소리를 하지 않을까? 무얼 묻거나 반대하거나 뭔 말을 하려나 싶은데—그 엄마에 그 아들이로다.

사이트의 지시대로, 척척 기증 절차를 나 대신 써 가던 아들. 무심도 하다. 아니 무심을 넘어 웃기려고 작정한 놈 같기도 하다. 아주 잔인하게 묻는다.
"엄마! 각막도?" 나를 보지도 않고 컴터만 살피며 묻는다.

……엥??? 그건 또 금시초문. 각막이라고라?

내가 답이 없자, 이놈은 예쓰! 하고 있는지 노~! 를 하고 있는지? 더는 묻지도 않고 해결하나 보다. 인생에 도대체 정답이 있던가? 네가 알아서 해라 싶다. 사실 잔인한 요구다. 내가 귀찮다고 아들에게 맡기는 게 아니고 뭐냐.

또 한참 있더니,
"신장은 살아 있을 때 줘야 한다는데?"
(what, 왓?)
(이눔아~ 그럼 어쩌라고? 지금 떼 주라고?)
어이가 없어 황당, 또 궁리가 난무하는 동안 아들은 일을 마친 것 같다. 더이상 묻지도 않고 보고도 않고 시시콜콜 의논도 없이. 며칠 후면 확인서 같은 게 올 것이라면서 그 일을 끝냈다.

불효자식 같으니라구. 원래 효자란, 다 큰 아들의 발을 씻겨 주고 싶어 하는 엄마에게 발을 내놓는 게 효자라는 둥, 엄마를 금빛 보료에 앉혀 놓고 나 효자요~ 하는 놈보다 육교 위에서 참빗 장사를 할망정 사람 구경 좋아하는 엄마에겐 그렇게 두는 게 효자라고 하던 놈 (중학교 시절). 그때도 배꼽 쥐던 생각이 난다.
육교 위에서 참빗 장사라……. 참빗이 뭔지도 모를 시대에 사는 놈이. 누가 알 것인가 저 속내를.

며칠 후 기증센터에서 확증서 같은 게 왔다. 팥알만 한 스티커를 신분증에 뜯어 붙이게 되어 있다. 난 죽을 준비를 마친 것이다. 흠흠~ 근데 각막은 어찌 되었는고?

스티커를 옹색하게 붙이고 있던 그때. 이번에는 막내딸이 방문했다. 이놈은 또 옆 동 아래층에 사니까. 장기기증 스티커라 설명하고 지난번 오빠가 해결해 준 사실을 이야기하게 되는데 막내딸이 거침없이 말한다. 이놈은 남성적이라 꾸밈말에 서툴다.

"엄마~! 엄마한테 무슨 사고라도 나면~! 가령, 아직 의식불명일 때에, 치료해서 살아날 수도 있는데 장기기증 때문에 엄마는 그냥 죽을 수도 있어!"

아이고 무시라. 이 딸 멋대가리 없는 말뽄새 하고는~ 그러나 전혀 무신경할 일이 아니긴 한가? 기냥 웃다 죽자. "됐거등? 막내야~" 거기서 멈추기로.

불효막심한 이야기가 어찌 우리 한국인의 유별난 가족사랑 그 뜨거운 집념에 명함을 내놓겠냐고. 돌이켜보면 이 세상을 항상 거꾸로 살아온 반역자 같은 우리 가족.
그런데 웬일인지 소문에 소문도 없이 늘 과분한 칭찬과 부러움을 받고 있으니……. 세상은 그래도 눈 멀고 귀 멀지 않았다는 한 가닥

희망을 가져 본다.

다 주고 떠날 수만 있다면 마지막 가는 길이 가볍지 않을까?

배우 소원이

이모(내 막내딸)랑 소원이는 촬영 때문에 아무래도 외식을 자주 한다. 소위 '밥 차'라는 게 따라 다니거나 단체로 현지 식당을 가기도 하고.

그런데 이모가 아프면서 식생활이 완전히 바뀌었다. 촬영장에 개인 도시락을 싸 가거나 조건이 좋으면 인근의 친환경 식당으로 간다. 촬영장에서 베푸는 식사를 포기하고 개인비 들여 특별식을 사 먹어야 하는 것이다.

시내에선 여의도, 일산, 목동, 중요한 요지마다 찾아보니, 친환경(유기농) 식당이 있단다. 미리 정해 놓고 간다. 그래서 가장 좋아하는 곳도 생겼다. 목동에 있는 자연주의 식당도 발견하게 되었다.

그곳에 처음 찾아갔던 날, 밥상이 감동인데 서빙하는 이모님이 소원이를 보더니 놀라움을 연발(알아보고 놀란 게 아니고 이뻐서, 귀여워서 자동 발생적으로).

"어머머~ 어찌 이렇게 이쁘게 생겼니? 너 뭐 좀 해야 되겠다. 어머머머~!"

좀 시크한 편인 우리 막내딸. 그냥 웃어 드린다. 그런데 이모님은 자꾸 말을 하고 싶은 듯,

"우리 조카도 이쁘게 생겼는데 지금 어린이 방송 같은 데 나가요……. 얘는 그런 거 안 시켜요?"

하도 이래 싸니까 하하~ 즈이 이모 대답 간단히 해드렸단다.

"예……. 하고 있어요."

종업원의 반응, 그러면 그렇지요 하는 듯 반가워하면서 "나랑 사진 한 장 찍자, 너무 귀엽다 너~" 하면서 가차 없이 소원이 곁에 붙어 사진을 찍으시더라나?

밥상이 감동이라서 기분 좋게 그 식당을 나왔다. 집에 와서 식당 자랑이 장난 아니었다. 음식이 좋았던 거라 이 다음에 가족들 모두가 보자는 둥.

가까운 곳에서 촬영이 있던 몇 주 후쯤 또 그 식당에 갔단다. 지난번 사진 찍은 이모님이 득달같이 알아보고 오셨겠다.

"아이고……. 어쩌면 좋아~!"로 시작된 식당 이모님의 미안, 개탄, 한탄, 사과, 막 늘어놓으시는데 "나 그날 가족들에게 맞아 죽을 뻔했다."라는 것이다.

식당에 요런 이쁜 애가 왔더라며 사진을 보여주자, 심드렁하게 사진을 들여다보던 가족들, 엥??? 이거 갈소원 아니야?

엄마 식당에? 당신 식당에? 누님 식당에? 보는 사람마다 어쩔 줄을 모르는데……. 이분이 그날 사진 찍던 에피소드를 이야기하자, 온 가족은 그만 두들겨 팰 기세.

쉐상에~ 그 애를 몰라? 엄마 간첩이야? 7번 방 안 봤어? 기가 막힌다.
아니 스쳐 간 것도 아니고, 식당에 와서 이야기까지 했다며, 뭐라고? 너도 뭐 좀 해 보라 했다고?
어쩌냐 정말~

아주 이모님 죽을 지경으로 미안해하시면서 그 후로는 사진 자랑 삼아 꺼냈다가는 누구에게 또 혼날까 봐 무안하다며 어쩌나 반갑게 떠드시는지.
밥 먹고 나오는데 거기 사장님까지 등장, 유기농 곡물, 과자, 엿, 온갖 생산품으로 한가득 안겨 주시며 자기네 식당을 알아준 것만으로도 고맙다며.

식당 이모님의 말씀이 코믹하게 남아 있단다.
"나 우리 가족들한테 맞아 죽을 뻔했어요."
장성한 자식들에서 남편에 이르기까지~ 남동생까지~ 하하하하.
뭔 유명세라고. 어린 소원이가 뭐라고, 그저 웃었지요.

다음은 촬영장에서 드라마 찍을 때.

난 누구에게도 촬영 소식을 잘 말하지 않는다. 내가 보기에도 자랑스럽고 멋진 드라마가 등장하지 않는 한. 입 꾹 다물고 있지만, 저쪽에서 먼저 전화들이 오는 사정을 어쩌랴.

아무튼, 이 드라마에서 병원 장면이다. 계속 코마 상태로 누워 있는 소원이 역할.

힘든 촬영장의 비타민이라 칭찬받던 소원이는 코믹한 장난꾸러기에다가 성장을 멈춘 듯 순진무구한 귀여움에 이 사람 저 사람 성인배우들, 스텝들 손에서 떠날 수 없는 애기와 같다.

초등학교 3학년인 소원이 반 친구들을 보면 그 성장 속도가 우리 시절 중학교 3학년과 같다. 오죽하면 소원이의 별명은 '1학년 같은 3학년'이란다.

암튼 병원 침대에 누워 있는 장면만 계속 찍어야 하는데, 왔다 갔다 고생하는 배우들이 소원이에게 하는 농담, "소원이 넌 누워서 돈 버네?" 푸하하하.

어린이에게 누워 있거나 자거나, 죽은 듯 가만 있어야 하는 연기. 쉽지 않단다(소원이 말씀).

언젠가도 메디컬 드라마를 찍을 때 가장 힘든 게 침대에 누워 몇 시간 꼼짝 못하는 연기라며 힘들어했다. 잠자든 누워 있든, 시청자가 보기에는 몇 초, 몇 분이지만 그걸 완성하기까지는 종일 누워 있기도 한다. 주상욱 아저씨를 좋아해서 그나마 다행이다. 잘생긴 남자는 알아가지고. 장난기가 두 사람 다 장난 아님.

소원인 누워서 돈 버는 게 아니다. 곤혹을 참으며 견디는 시간이다. 세상만사 비슷하지 않을까? 모든 이치에는 반대가 숨어 있다.

어떤 강렬한 댓글이 생각난다.
'여기 악플 다는 놈 있으면 죽일 테다'
소원이 열혈 팬인가 싶다. 우리야 좋다고 온 가족이 읽고 웃었는데…….

아셨죠?

독거노인

늦은 밤, 조용한 시각에……. 딩동~ 문을 여니 큰딸 씨 등장. 이놈
은 오십 미터 전방에 살고 있다. 큰딸 씨, 작은딸 씨 모두 저만치, 이
만치에 좌청룡 우백호로 포진하고 사는 모모.

끓는 국이나 바삭한 튀김을 들고 다녀도 식지 않는 거리. 이렇게
사는 법 때문에 EBS 교육 방송에 장장 3부작 다큐도 방송됐었다—한
작가의 삶이라고 봐 주자.

큰딸 씨 와서 하는 말.

"내가 오빠랑 티비 보는데……. (요즘 애들은 왜 남편이 오빠인지…….
내 알 바 아님) 요즘은 연말이라 그런지 그런 프로가 많아, 뭐 독거노
인 찾아가는 프로. 그걸 재밌게 보고 있길래 난 엄마한테 오려고 나오
는데 오빠가 어디 가냐길래 '응, 독거노인한테 가려구' 하고 왔어."

……뭣? 내가 뒤집어지는데,

"오빠는 못 알아듣고, '뭐 어디?' 으유~ 유머가 안 통하잖아? '독거
노인한테 간다구!' 그래도 못 알아들어……. 에잉, 머리 나쁘면 재미
없어~"

유머란 이미 지나간 순간 동시 폭발이 아니면 무효다. 그래서 유머 감각이란 우선 머리가 좋아야 한다. 나처럼? 웃다 보니 내가 머리가 나쁘넹. 뭐얏? 독거노인이라고라? 그게 좋아서 웃다니. '독거노인' 드디어 난생처음 들어 보는 리얼. 입력.

둘이 정신없이 웃고 있는데 띨롱~ 큰딸 씨 핸폰에 문자가 떴다. 답신을 보내면서 연신 웃는다. 누구에게 뭐라고 보낸거얌?

"응……. 그새 밍이야. '언니 뭐 해?'라고 왔길래 '독거노인 혼자 두면 되냐? 빨랑 와!'라고 했지, 큭큭."

잠시 후, 막내딸 씨가 계단 올라오면서부터 까르르 하고 웃어 제끼며 들어온다. 우린 서로 난생 첨 써 본 말에 우찌나 재밌는지. 웃다가 울 일 생길 날이 머지않았구먼, 흑흑.

독거노인. 시집가긴 다 틀렸넹~ 이 팔팔한 나이에. 딸 씨들이 혼삿길 막는구만. 외할머니라는 둥. 외손자라는 둥. 아이고~ 재미없어. 나 싱글이라고 불러 줘. 같은 말이면 영어가 멋있잖아. 돌싱도 있잖아!

죽어도 우습다

내겐 정말 지독히도 웃음 나는 리얼, '진짜 유머'가 있다. 그런데 내가 겁도 많고, 비위도 약하고, 뭐 남달리 웃음이 헤프지도 않은데 그 일만 생각하면 때와 장소를 가리지 않고 폭발해 버리는 나만의 그 웃음 보따리.

어쩌면 웃을 일이 아니고 비명을 질러야 하는데. 거 참 이상하다. 그래서 갑자기 궁금해진다. 과연 여러분은 웃을 것인가, 비명을 지를 것인가.

우리 어린 날에 정말 집집마다 쥐가 많았다. 적과의 동침이었다. 60년 된 이야기. 뭐 초고층 아파트도 없고 모두가 단독주택이던 나 초딩이 때라구.

부엌에서 발견되면 영락없이 비위가 약한 나는 밥맛 떨어지고, 비명 나오고. 그럼에도 왜 이것은 웃음이 터져 버리나. 호랑이 담배 피우던 시절의 사건인데도 말이다.

내가 직접 본 것은 아니고~ 허풍이 많은 우리 오빠가 본 것을 전설처럼 간직하고 있다. 오빠도 십 대였던 시절.

(그런데 이 오빠. 늙어 죽을 때까지 좌중에 사람을 모아 놓고 웃기는 재주꾼이었다.)

우리 시대에는 웬만한 집에는 식모가 있었다. 물론 우리 집에 언니들, 아줌마들 평생 잊지 못할 식모들이 파노라마로 이어진다. 것도 참 이상한 일 같다.

그중에 언니 하나가 잠이 무척 많았다. 가무잡잡하고 생김새는 그 누구냐……. 멀리~ 기적이 우네. 앗, 이은하? 노래도 가물가물하네.
오동통, 얼굴도 도톰하고 싫지 않게 터프한 그 가수를 닮았었다. 시도 때도 없이 낮잠 잘 자고, 아무 데나 누워서 자고. 일도 잘하고.

그 언니가 쌀가마 옆방에서 낮잠을 자고 있는데—천장을 향하고 바로 누워서. 그땐 생쌀을 먹는 수도 많았다. 하도 간식거리가 없으니? 정자 언니다, 이름이……. 영자도 아니고 경자도 아니고.
뭔가 허전했는데. 그 이름 정자 언니. 으아, 나의 기억력! 가수 이은하 닮은 정자 언니가 낮에 쌀을 먹다가 그걸 입에 가득 문 채……. 입을 벌리고 잠이 들었다. 울 오빠가 (정자 언니보다 훨씬 어렸다) 외출에서 돌아와 누나를 찾으니!

귀여운 생쥐새끼 한 마리가 쌀 물고 자는 정자 언니 입속에 쌀을 꺼내 먹느라고 찌리찌리 떨고 있는데도 정자 언니는 쿨쿨 자고 있었다는⋯⋯

아흐~ 웃어야 할까, 비명이 터질까? 시도 때도 없이, 그 후, 어른이 되도록 세상에서 가장 웃기는 사건으로 혼자 웃노라면 그때마다 곁에 있는 사람들은 왜 그러냐 묻는다.

여전히 몸이 흔들리도록 웃기는 일이다. 요새는 이럴 때 정확히 들어맞는 이모티콘이 있는데, 스마트폰이 아니라 유감이다. 배꼽 빠져라 허리 굽혀 웃고 있는 이모티콘, 나와라!

두 살 선우

자, 2만 원 내고~ (손주 자랑하려면)

소원이와는 다르게 무지무지무지~ 즈 엄마나 나나 이구동성으로 골백번 혀를 두르게 하는 사내 녀석. 아직 엄마 소리도 못 하는 두 살. 비틀거리는 새싹.

고집, 집착, 심술, 욕심, 말썽, 다큐로 찍을래도 그 속도감이 나오겠나? 손자들 다녀가면 그 뒤꼭지도 뭐 이뿌대나? 맞다. 오면 와서 좋고 가면 가서 좋다. 쥐방울 같다. 일 초도 가만히 있지 못하는.

와서 한 시간 지나면 지친다. 이놈 쥐띠라 했나? 쥐방울 맞다. 졸졸 따라다니며 연필통, 컴퓨터 책상, 널브러진 메모지, 약병, 화장품, 식탁 위. 장난 아니다.

놀다가 퇴장해서 5분이면 자기 집에 도착한다. 옆 동에 사니까. 30분도 안 돼서, 선우가 저지르고 간 여운들을 바라보니 웃음이 절로 난다.

아까 그렇게 찾던 작은 찻숟갈은 왜 여깄냐? 서가의 맨 아래 칸— 엎드려야 보이는—책 위에 숨어 있다. 우연이 아니고서는 평생 찾을 수 없는 구석탱이에 왜 찻숟갈이 박혀 있냐고? 하하하. 사랑시런 선우. 그 흔적 여운을 남기고……. 리모컨은 어쩌자고 동방에서 서방으로 옮겨져 있고.

그 귀여움을 혼자 못 참고 딸에게 문자를 보냈다.
'선우 흔적을 보니 벌써 보고 싶어……. 나 미쳤어…….'

딸 씨 문자 왔다.
'나 지금 열 받아서 선우 베란다에 던져 버리고 싶어~!'

쿠하하하~ 딸은 정말 열 받고 있는데. 베란다에서 애기 던졌다는 엄마 이야기. 남의 이야기가 아니다. 내가 옆 동에 살 것이 아니라, 그놈들 아래층에 살 걸 그랬나? 던지면 아래서 받아 주게?

인간들, 모두 그렇게 해서 자랐다.

소심증

나의 소심증은 이것 하나면 충분히 증명된다. 달걀을 한 번에 톡, 깨트리지 못하는……. 봉~신.

아니, 어쩌자고, 나는, 정말, 달걀 한 개를 단번에 못 깰까? 숟갈로 톡~ 쳐 봤자, 그 힘이 부족해서 씨원스레 안 깨지고. 겨우 금이 가거나, 선찮케 구멍이 나서 또 한 번. 톡~(이번엔 겨우 좀 세게~!)

그래도 씨원스레 깨지질 않고 덜렁덜렁 껍질이 엉겨서 안 떨어진다. 넌 정말 왜 그러니? 신경질이 난다. 겁쟁이.

어떤 사람은 숟갈도 필요 없이 걍~ 솥뚜껑이나 모서리에 팍 깨트리기도 하고 아예 손아귀에서 마술처럼 깨진 알이 나오기도 하구만.

나는 깨질 달걀이 무섭다. 젠장~
『데미안』의 '알을 깨고 나가라'는 아닐망정!

빨강 마티즈

사람이건 물건이건 저마다 저 나름대로 애환이 있다는 거.

나의 막내딸 씨. 이놈 소개가 잠시 필요하겠다.

우리 가족은 이놈 앞에서는 모두 약간의 긴장이 필요하다. 그만큼 올바르고 딱 부러지고, 바른생활 교과서라~ 시집가더니 즈이 시아부지가 이놈을 제일 인정하시는 것 같고.

그 양반 눈썰미가 있으시지. 여자라기보단 '의리의 사나이' 같은 면모가 있는 놈이다. 말 별로 없고 똑 부러져서 별명이 닥터 리, 사감 선생이다.

이놈 연애할 때, 하도 한심해서, 내가 평생 한 번! 하도 답답해서 스님께—시인 스님이다—사주팔잔지 궁합인지 한번 봐 주라고 생월 시를 드렸더니 다른 말은 안 하시고 엉뚱하다.

'아니, 모모 씨 따님 그놈, 코스모스처럼 얄량얄랑 약해 보였는데 아이쿠~! 사주가 이거 장난 아닙니다. 남자가 실개천이면 이 막내

녀석은 대서양이네요, 대서양. 크은…… 바다에요. 대가 쎄고 천하를 잡는 크은…….'

그저 크다(大)는 것만 강조하면서 내심 진짜 놀란 것 같았다. 좋게 말하면 바른생활 교과서, 나쁘게 말하면 잔재미가 없는 냉정한 놈이다.

그놈이 빨강 마티즈를 산 것은 대학 4학년 즈음이고 그로부터 십 년도 더 지났다. 그러니까 마티즈가 십 년 된 것. 몰골이 어떠하겠는가는 상상하시고.

대학 4학년 때, 항동에서 홍대 앞, 이대 다니기가 무지 불편했다. 당산동 근처의 어떤 큰 공사로 암튼 양화대교 건너는 길이 어찌 됐다더라?

선택의 여지 없이 제일 싼 것, 작은 것, 빨리 나오는 것 등등…… 고민 끝에 작은딸 자동차는 빨강 마티즈가 되었는데.

운전을 너무너무너무 잘한다는 것은 꼭 필요한 서두가 되겠기에~! 여기서 강조 안 할 수가 없다(세상의 모든 내 자식은 운전 잘한다는 착각이 아니다).

활동적인 자기 외삼촌이—내 오라버니가—신촌 바닥에서 막내딸 자주 봤겠다.

'하따아~ 니네 딸들은 타고난 운전수여~ 십 센티 간격에 주차를 팍팍 잘도 하더만. 우리는 신촌 같은 데 차 못 가지고 가, 으아……그

홍대 앞 쫍은 골목길에서 주차하는데 귀신 같드만, 귀신같어! 싸인, 코싸인, 탄젠트 몇 각도로 기냥 팍~! 단번에 주차하더라고.'

내가 타 보아도 또는 어떤 남자들의 차를 타 보아도, 우리 딸 씨들보다 못하다. 진짜~!!! 암튼 이것은 참으로 기묘한 일이고.

나는 그저 막내라서, 항상 그저 막내니까 여전히 어리고 그저 딸은 딸인 거라. 그놈을 사회적 배경 속에 내던져서 생각한 적이 없었다. 운전에 관해서 말이다. 서론이 무지 길구만.

어제 같은 경험이 처음이었다. 명절 끝이다. 큰놈 차는 즈그 시댁에서 오지 않았고, 이놈 막내딸은 2박 3일 전에 갔으므로 명절 끝에 일찍 왔다.

설날 구정, 나도 죽기 전에 인사하고 싶은 곳이 있었다. 가자, 안양 방면으로~ 주로 큰놈이 내 발 노릇을 하는데—아무래도 차가 크니까—모처럼 작은놈의 작은 마티즈가 그날의 발이 되었다.

각설하고~! 빨강 마티즈가 구정 설날의 귀성 차량인지 귀가 차량인지 하는 뉴스 보도의 한 중심에 서게 되었다. 나는 한편 신났다. 경험하지 못한 귀성 차량 행렬.

완전히 주차장에다가 옆으로 빠져야 할 상황이 올 때마다 화살촉처럼 날카롭고 재빠르고 무지막지한 양옆 차들이 뭐랄까? 무지막지 마티즈를 무시하고 끼어드는 것이다.

드디어 우리 막내의 폭발. 어느 순간이더냐!
"에잇 쓰……내가 밥이냐? 마티즈라 무시한다 이거지! 우이쌍~ 아
쭈 이거봐라~쓰, 마티즈라고 밀어붙여?? 에잇 쓰……그래 함 해 보
자는 거지!"

으따따따따~ 그 격정, 흥분, 욕설의 도가니…… 하나도 걱정은 안
되었다. 흐흐흐. 운전의 천재. 아이고 잘했다! 아이구 시원해! 가 가
가! 통과! 저놈 봐라! 에잇 맛 좀 봐라……! 크크크큭. 난폭해진 딸을
막자니 역효과일 것 같았다. 그래서 마구 편들어 주었다.

내가 모르던 막내딸의 마티즈. 너무 불쌍했다.
"엄마 내가 얼마나 참는 줄 알아? 암튼 길에 나오면 무조건 마티즈
는 밥인 줄 안다니까. 게다가 봐라? 빨강이지? 여자라 이거지? 소형
차에 의심할 바 없는 여자……."

막내딸 씨. 평생 빨간 마티즈 타고 다니면서 억울한 것이 이 설날
폭발.

듣고 보니~!!! 결론을 이제야 알게 되다니. 우리 딸 씨한테 젤루 안
맞는 것이. 현실적으로 볼 땐! 바로바로 소형차, 빨강 마티즈였다.

이건 정말 억울하기 짝없는 외모였다.

　이런 소리 나중에 듣고서 아들이 등장.
　"밍아, 이런 차 사 줄까? 푸하하하."
　세계의 터프한 자동차 모델들이 사진으로 연신 날아든다. 애스턴 마틴 뱅퀴시/람보르기니 아벤타도르/모하비/H2/에프 제이 크루저/지프 레니게이드/지프 루비콘…….
　"골라 봐, 이 차로 밀어붙여!"

　아들은 미국에 사는 동안에 벤츠를 몰았다. 귀국할 때에 절대로 가져오지 말라고 내가 당부했다. 그래서 귀국하여 국산 차를 샀다.
　K5에 이 엄마를 싣고 가던 날 쓸쓸히 하던 말, 자동차 속력만큼이나 젠틀하고 덤덤하게.
　"옴마~ 세상의 자동차는 단 두 종류야……. 벤츠냐 벤츠가 아니냐…… 하하하."
　벤츠가 그리운 모양이었다. 그때만 해도 내가 젊었나? 감 놔라 배 놔라 지시도 하고 벤츠는 절대로 가져오지 마라 했으니. 아들은 30미터 전방의 브레이크 등만 봐도 세계의 차종을 다 알아 맞힌다나?

　에고~ 밍이 차. 현장을 보지 않으면 모를……. 설날 귀성 차량 전쟁 속의 마티즈. 밍이 무시했다가 모두 큰코다쳤지만.

그 대신. 무적의 용사였다. 마티즈는. 아무리 주차장이 꽉꽉 찼어도. 쓰레기통 앞에 애매한 삼각형 빈 공간, 아무도 쓰지 못할 공간에 우리 마티즈는 무적의 용사처럼 세울 수 있었다.

웃으며 말했지만, 어제 열 받는, 처음 본 한 성깔. 폭발해 버린 귀성 차량 대란에서의 현장. 작은 차의 피해의식 무섭다. 대형차 형님들. 갑질 마서유. 나쁜 짓은 따라하지 마서유.

신부님의 직장 노래

여기 무슨 종교를 논하자는 건 아니고. 난 그저 깨인 사람들이 좋다.

옛날에 '우체국이 보이는 창가' 시절에는(가톨릭 대학 앞에서 카페를 하던 시절) 주변에 카톨릭 재단 등이 많아서 수녀님들이 많이 오셨다.

그때 한참 유행하던 절집 스님들의 책이 베스트셀러였는데 수녀님 손에 들린 책이 맨날 스님 책들.

내가 웃으며 '수녀님 손에 들린 스님 책이 멋지네요~' 하면 '예. 이 책 재밌어요' 하셨는데 그냥 기분이 좋았다.

깨인 사람들의 편견 없음. 추억이 새롭다. 이야기가 삼천포로 또 흘렀네—모모의 정서 혼란은 약이 없다.

내가 좋아하는 신부님들은 정말 멋지다. 기타를 못 치나, 대중가요를 못 부르나, 비틀즈의 '렛잇비' 같은 곡은 기본이다.

수련회에서 어느 날, 기타 들고 신청곡 받아서 노래하고 듣는 때에~

누군가 젊은 학생이…… 예를 들어 '사랑을 위하여'? 이런 노래 반주를 부탁했다. 즉 노래 제목이 대중가요에도 있고, 찬송가에도 있을 법한 것이었다.

기타 반주를 하시는 신부님, 얼마나 솔직하고 재밌고 건강한 반격이었는지. 평소의 강연, 설교를 통한 총체적 사회의식, 인품은 말해 무엇 하랴. 저절로 고개 숙여지는 신부님들이다. 그런 신부님의 반응이 너무 귀엽던 사건.

'뭐?……. 직장 노래하라고? 싫어!' 이러시는 것이다. 쿠하하하~ 찬송가로 착각하신 신부님. 청년은 물론 대중가요를 신청했다. 아마 해바라기 노래? 곧 알아들으시고 화기애애 대중가요로 쿵작쿵작~

신부님의 투정. 직장 노래(찬송가)를 생각하면 미소가 떠오른다. 모처럼 수련회 뒤풀이 아니겠나.

사이트 중독

온라인 세상은 엉뚱하게도 나 같은 사람이 혜택을 본다. 외출이 싫고, 혼자 놀기 좋아하는 나. 인터넷을 열면 좋아하는 모든 것을 한순간에 만난다.

정치 · 사회 · 민족관이 맞는 사이트에서부터 꽃모종, 농사일 배우는 곳에 이르기까지. 특히 앞서 있고 깨인 자들의 소위 진보와 민주의 가치를 아는 의식 있는 자들과의 소통.

내가 이렇게 쾌락주의였었나? 식음을 전폐하고 논다. 시대가 인물을 배출하듯이 이즈음의 우리나라 불행한 정치의 긴 터널을 통과하면서, 사이트의 열기도 흥망성쇠의 기로를 맞이한다.

나의 하루 중 맨손체조만큼이나, 아니 밥을 먹어야 하는 것만큼 영양을 공급받는 곳.

숨은 명사도 많지, 누가 간섭을 하길 하나, 오라가라 만나자 나와라 조르길 하나. 인터넷의 온라인 세상에서 널널하게 자유롭게 내맘대로 정말 잘 살아왔다. 현실의 집에서도 스스로 절도 있게, 시간

규칙, 삶의 규칙을 정해 놓고 잘 살았었었다.

언제 누가 와도, 멋있게, 청결하게, 분위기 있게……. 때때로 소문이 나서 집 구경을 오곤 했다. 내 집, 내 방, 예전부터 관광코스였다. 없는 살림이어야 멋이 있다. 나 멋 빼면 시체니까.

누가 말하길 '해외 유학생'처럼 산다고 했으니, 하하하. 그만큼 단출하고 널브러진 것 없고. 무엇보다 약간의 학구적 분위기 때문에?

이렇게 살림 잘하던 것이……. 결론부터 말하자면 완전히 살림에서 손 뗀 상태가 되었다. 사람을 쓰자니 내가 그들의 치다꺼리를 먼저 해야 한다는 생각에 꿈도 꾸지 않았는데.

아침에 개수대를 보면 경악~ 이건 도저히 내 힘으로 아니 될 분량, 넘친다.

'야들아~! 일하는 아줌마 좀 알아봐, 나 집 비울 테니까 꼭~!'

건너편에 사는 딸 씨에게 드디어 SOS 날리기.

(이거 진짜다. 허황된 게 아니고……. 설명하자면 큰딸 씨 출산 후 돌보기 해 준 아줌마 생각이 나서 부탁하고 집 나간다, 그분을 도우미로 불러 달라 누누이 소통했던 차.)

어젯밤에도 들컸다. 딸 씨들 등장~ 아무리 문자 때리고. 불러도 소용없는 나를 찾아와서 보니, 컴 앞에서 오락에 미친 놈보다 더 심하게 딸 씨들 본 체 만 체 혼자 신들려 놀고 있었겠다.

"옴마아~ 정말 큰 걱정이다, 걱쩡~!!"

"옴마 도대체 왜 그래!"

이런 핀잔을 바가지로 들은바. 쳐들어올 딸들 무서워 도망가자. 에잇 모르겠다, 집 비워 주고 일단 나가뿌리야징.

아흐~ 다 잊어버리자. 책상만 가만 두라고 써 놨다. 아마 딸 씨가 감독해 주겠지. 코딱지만 한 집을……. 아이고~ 티끌 모아 태산이라고. 청소 태산이 돼 버리다니!

'이 까페 어떻게 좀 해 봐요, 모두 수면제 먹여서 며칠 재워 버릴까 그냥? 도무지 잠을 자야 쉬지~ 모두 눈 뜬 물고기 같으니라구.'

아침 인사였다. 멋쟁이 진보의식 소유자들의 오래된 사이트. 흥망성쇠를 고스란히 함께 한 동지들.

모모. 너부터 좀 자라, 자. 제발……. 늦바람이 무섭다고, 475 이거 문제네. 우리가 뭐 민족이라도 살릴 것인가? 정치가 달라지는가? 모두 잡혀갈 사람 집합체.

그냥 컴퓨터 자체를 좀 잊고 살려던 참이었는데 인터넷 재미와 영영 결별하기 직전에 국내외 진보 인사들이 모여들어 세상에 이런 재미가 없다.

코드가 맞는 것, 정서가 맞는 것, 다 좋지만 뭐니뭐니해도 사회 보편적 가치가 같고, 정치 이슈 맞는 사람의 진보성향이 모여 노니……. 민족의 살 길이 여기 있는 듯하다. 그래, 우리는 체 게바라고 도산 안창호이며 김구이고 애국자다. 이상주의, 살아 있는 지성이다.

삶이 지루한 것도 큰 병이지만 이렇게 재밌는 것도 체력이 달리네……. 얼른 돈 벌어서 사람 써야지. 사람 쓰며 놀아야지. 인터넷을 열면, 사랑하는 사람들이 너무 많아. 놀다 죽어도 좋은데.

도망쳐 갈 곳은 모모(이건 나의 작업실 겸 사랑방. 간판이 모모). 너무 오래 비워 두어서 지금 그곳도 문제다. 체력의 한계, 오락의 한계를 느낀다.

오늘은 해결 좀 해야지. 정신을 차리고, 생계가 위험해.

나 안 보이더라도 잘들 노슈~ 오늘 실컷 지껄였으니 며칠은 배부르겠지. 475여 안녕—

* 댓글 행진

🛡 NASA 10.03.09. 11:24
정말 문제입니다…… 직장에서 성실하고 인정받던 제가 요즘 우태우태 한다니깐~~~

ㄴ🐷 문작가 10.03.09. 13:24

우짠지 쫌 위태위태하다 생각이 들더라니^^ 목 꼭 붙들고 있으시옵소
서……

😀 수선화 10.03.09. 15:28

ㅋㅋ…… 둘러보니 저희집도 귀신 나올 판입니다.

컴 끄고 오늘은 안 들어 올랍니다.

나사님…… 부르지 마이소……

모모님 잠수타시는 데 그냥 묻어가렵니다.

　ㄴ😀 수선화 10.03.09. 15:57

어쩐지 귀가 간지럽더니…… 또 왔어요. ㅠㅠ

아줌마 뒤치닥거리가 더 힘들어 제가 해 버릴라요.

모모님 잠수 끝인가요. 잠수가 더 힘들어서 안 되겠어요.

😀 kimjin 10.03.09. 12:23

조만간 본 카페 열어 놓고 컴 앞에서 숨을 거두는 사람이 나올지
도……

　ㄴ😀 들길 10.03.09. 16:05

ㅋㅋㅋ

🐷 문작가 10.03.09. 13:23

하하하하하하~~~ 모모님 딸들 속 좀 고만 썩이이소……

└ momo 10.03.09. 15:07

문작님. 하하하~~~ 딸한테 냉장고 들킨거 상상가나유?

'옴마 너무했다. 오리고기 그 비싼거 먹으라고 주니까. 아니뭐 하도 안 먹어서 안 주니까 이번에는 달라고 해서 줬지? 근데 기억이나 한거야? 잊어버린거야? 오리고기 완전히 버려두고…… 송이버섯 내가 몇 번 말했어. 금방 먹으라고. 근데 고스란히 버렸다구~~~ 글고 옴마가 뭐 브로콜리는 당장 먹을 것처럼 사 오라더니 브로콜리 노랗게 변해 가지고…… 엄마아~ 냉장고 좀 살펴봐아~~~ 쫌 구석탱이도 찾아보고. 낼름 앞에꺼만 먹지 말고~~~ 글고 우유! 도대체 언제걸 뚜껑 열었으면 먹어야지~~~'

나 지금 혼나고 삐져서…… 흑흑흑 울지 않을 겁니다.

└ 문작가 10.03.09. 20:11

자랑 고만 하셔욧!! 샘나니까…… 저는 지금도 서울 가면 제가 냉장고 다 채워놓고 딸내미가 안 버리고 쳐박아 놓은거 다 버려야 하는데……

└ 강마을 10.03.09. 20:42

아웅…… 이거 염장지르는 거 맞죠?

울 아그들은 언제 커서 엄마 집 치워 주고 냉장고 채워 줄까?

발도 못 디디게 어질러 놓은 딸년들 방 보면 한숨부터 푸욱~!!!

안 보고, 안 치워 주는 걸로 협상은 했지만서두……

동명 10.03.10. 01:02

꺅꺅꺅~~ 헤헤헤~~ 호호호~~ 하하하~~ 쿄쿄쿄~~ (유머 수다방 웃음소리들~~^^

🐷 루나 10.03.10. 19:02

아니 긍께요 모모님⋯⋯ 언제 475가 시들해서 덕분에 제 삶이 평화롭고 안정될라~~고 하다가 고만.

난 냉장고 청소해 줄 사람도 없고 그렇다고 컴질한답시고 도우미를 부를 수도 없고~ 그래도 재밌띠!

😀 물꼬 10.03.10. 23:55

흠흐흐 모모님^^

😀 그령 10.03.11. 00:00

아고 정말 웃겨요. 첨단 개그네용!!!

소원이와 모종

소원이와 함께 토마토 모종을 화분에 심었다. 햇볕이 잘 드는 베란다에 앉아서…… 5월에.

"소원이 방울토마토 좋아하지?"

"웅."

"이게 그 토마토 모종이야." - '모종' 알아듣거나 말거나.

"그엄 토마토가 여이여?" - ㄹ 발음이 안 되는 소원이. '그럼 토마토가 열려?' 이 소리.

"웅."

"언제 여이여?" 성급한 소원이.

"으응……. 인제 아주 천천히……우리가 안 보는 사이에 열려……."

내가 제법 곤혹을 느끼며 설명하고 있는데 갑자기 소원이가 고개를 뒤로 잔뜩 돌리고 앉아 있다.

???

"이어케 하면 여이였어?"

푸하하하~ 이렇게 고개를 돌리고 안 보면 열렸냐는 것이다. 아이

구머나.

"아니이~ 오래오래 잠도 자고……많이 몇 밤 자고 나면 열려." 했더니 이번에는 앉은 채로 두 무릎 사이에 고개를 박고 있다. 잠자는 시늉이다.

"이어케 잠자면 여이여?(이렇게 잠자면 열려?)"

아이구메~ 미치겠다.

"안 여이였잖아~"

선하게 묻는 저 호기심. 흐흐흐.

안 열렸잖아~

정신 좀 차려 줘요

EBS 다큐여행? 그중 보게 되는 프로. 한번은 제법 괜찮은 젊은이가 오지 여행을 보여 준다. 볼수록 남자가 괜찮다. 분명 어린데 성숙한 매너가 좋았다.

마음이 사정없이 끌렸다. 모양내기—멋 부리기—도 상당한 센스가 보인다. 오랜만에 보기 좋은 상대를 만난 것이다. 배우가 아닌 이상, 외모까지 썩 멋진 경우가 쉽지 않은데.

무엇보다 그의 태도. 원주민을 만나서 나누는 교양과 매너가 내 눈썰미에 꽂힌 것. 저 정도면 연애하겠구만……(마음&상상인들 뭘못 하냐…….)

난 그래서 성경 말씀 중에 제일 반발하는 구절이…… 마음으로도 뭐 하지 말지어다……요것. 거참, 어렵고도 애매한…….(죄송)

아무튼, 그 프로를 보다가 제법 오랜만에 발견된 나의 연애 감정이랄까? 멋진 남자의 발견이랄까? 다음 날 아침까지 잊지 않고 딸 씨네로 갔더니 컴터에 앉아 있었다. 마침 잘됐다 싶어, 분부를 내렸다.

"얘야~ ○○○아무개. 검색 좀 해 봐……여차저차 멋지던데…….
나 그 남자를 보니까 연애를 할 수 있겠다 싶은 마음이 생기더라."

"그래?"

딸 씨가 더 반가운 모양이다. 감성이라고는 잿더미로 꺼져 버린 옴
마, 팔아먹을 수도 없는 옴마.

검색 끝난 딸 씨. 별 흥분도 하지 않고 답변해 준다. "아들이랑 동
갑인데?" 하하하.

울 아들. 뭐 기왕 맛 간 김에, 다음 날인가? 아들이 메신저에 나왔
기에 미친 척 말 걸었다.

'옴마가 멋진 남자를 발견했는데……. 그게 너랑 동갑이더라.'

'옴마~ 제발 정신 좀 차려 줘요~!'

아들이 딱 요렇게 말했다.

놀라지 마서요. 여행작가 '유별남' 그는 내 아들의 선배였다. 90년
대 초 인터넷 동아리에서 만난 전설적인 인물로 그때 벌써 멋진 형으
로 아들의 시선에 들어왔다는 것. 못말리는 모자지간이구만—강물
처럼 인생은 흘러가고……

노처녀

울 딸 씨에겐 아직 시집 안 간 대선배가 하나 있습죠. 그놈의 대선배. 친구도 없는지 죽자사자 딸 씨만 조르는 거 저도 알죠.

"밍아~ 비 오는데 뭐하니……?" 이러면 술 생각 난 것. 이러면 딸(밍이)이 만나고 싶은 것.

우리 집 모녀들은 방 안 퉁소. 혈통에 문제가 있는지, 정말 누가 부르면 나가기 쉽지 않거든요. 밖에서 구할 게 별로 없다는…… 잘난 가족.

밍이 왈,
아, 또 S언니다. (문자 들여다보면서)
아 참……, 이 언니 남자 하나 구해 줘~ (누구한테 하는 말이여 시방?)
아 글쎄, 요즘은 동호회도 많잖아. S언니가 젤 어려…….
맨날 사십 대 아저씨래~
아저씨들 뻔하잖아……. 여행 가도 그런 데만 간대. 언니가 그런 스타일이긴 하지.

돈 쓰고 화려하고 골프다, 크루즈다. 뻔하잖아, 말도 안 통하면
서…….

다음 대목이 드디어 포인트!

빨대 꽂아서 피나 뽑아 먹고~
(헉? 뭣이……? 그게 뭔 소리……?)
있잖아. 동물 농장 가서 사슴피가 몸에 좋다나 뭐라나…….
돈 있다고 몰려다니며 하는 짓 뻔하다니까!

딸은 뭐라 뭐라 지껄이는데.
'빨대 꽂아서 피 뽑아 먹는' 이 소리 때문에 어찌나 우습던지.

웃을 일도 아닌데. 하여튼 웃었다. 아무 감정도 없이 지껄이는 딸.
뒤로 까무러칠 소린데 아무렇지 않게 하는 걸 보니 어디서 이미 들었
거나 알았거나, 나잇값만큼 제법 아냐?
나도 말만 들었구만. 즉석에서 빨대 꽂아서 마시는 무슨 무슨 피,
사슴의 피. 대한민국 보양식은 못 먹을 게 없을 거야.

건강이라면 별 걸 다 먹는 아저씨들.
이뻐진다면 별 걸 다 하는 아줌마들.
아 대한민국. 젠장~

무슨 돈?

유머는 내 곁에~

미국에 있는 아들이 돈을 부쳤단다. 인터넷 뱅킹 들어가 보라는 소
리. 이번엔 무슨 돈이야?

(매장이 팔려야 오는데, 팔릴 기미는 없고 돈만 몇 차례 보내온다.)

행여 매장이 팔렸나 싶어, 계속 이번엔 무슨 돈이야? 묻게 되는
데…….

'매장 나갔어?'

'아니…….'

'그럼 뭔 돈?'

'콩팥을 팔았지.'

고개가 뒤로 꺾인다. 웃느라고. 아이고~ 저놈의 유머, 여전하
다……. 웃다가 나도 몰래 눈시울이…… 목젖이……. 이민사 대장정
은 접어두고. 그래도 유머가 나를 살려 준다.

007작전을 방불케 할 아들의 귀환 준비. 집 팔려야지. 자동차 팔려야지. 매장 팔려야지. 산 넘어 산이다.

성치 않은 몸으로 살아낸 미국. 12년 세월, 이즈음은 강산이 서너 번 변했을 세월. 고마웠다, 아메리카여~

여배우

여섯 살 소원이가 하도 웃겨서……. 생활 속 실화다.

소원이의 동생은 남동생. 두 살 터울밖에 안 돼서 그런지 눈만 뜨면 서로 웬수다. 암만 소원이가 착하고 조용해도 철천지 웬수 같은 남매.

밖에서는 온통 어른 아이 할 것 없이 대우받았는데, 집에만 오면 동생이 있는지라……. 어쩌고저쩌고 또 싸운다. 동생이니까 어쩌고저쩌고 좀 참으라고 달래고, 말도 안 먹히는 남동생도 어쩌고저쩌고 대들고 있으니 시끄럽다.

갑자기 소원이가 소리를 빽~ 질렀다.

"나 여배우야~!!!" 하는 것.

하도 웃겨서 잠시 올 스톱. 어처구니없어 나도 제법 소리를 크게 질렀다.

"여배우가 뭔데???" 내가 묻고,

"나도 몰라!!!" 소원이가 답했다.

이건 그때 상황과 억양을 들어야 실감 나는데……. 과연 나만큼 웃을까? 전혀 소원이답지 않은 신경질과 억양 때문에 뒤집어진 날이다. 그 착한 순둥이가.

* 이 글을 써 놓은 지도 8년여.

그간 소원이에게도 큰 변화와 성장이 있었다. 2019 현재.

중학생이 된 소원이 별명은 여전히, 초딩이 같은 중딩이다.

여배우는커녕. 스타(배우)의식이라고는 일(1)도 없는, 아직은 순진무구. 그러면서 할마씨 같은 철듦. 고맙고 신통하다.

지나친 순수가 오해받을 수 있는, 바로 그런 소녀. 표현할 길이 없다. 바라볼수록 나는 빠지고 만다. 나이 따라 변하겠지만 저 순수는 하느님만이 아실 듯. 타고난 본성에 감사한다.

17층 걸어 오르기

딸 씨들과 차를 타고 아들 집에 간다(미국에서 돌아왔지만 먼 곳에 사는 아들).

"걔네⋯⋯. 목, 금 12시부터 3시 아니었어?"
대단지 고층 아파트(내가 싫어하는 첨단 종합 세트 같은 아파트) 입주가 끝나가자, 이제야 엘리베이터 바닥 공사(대리석) 일정 공고를 봤던 기억이 있는데⋯⋯.

"그게 오늘 아니냐고~!"
"지금 바로 이 시각 아니냐고~!"
이미 차는 고속도로 위를 달리고 시각은 정확히 12시 즈음이다.

"빨랑 물어봐~"
"물어봐서 어쩌라고⋯⋯."
"안 가야지⋯⋯."
"뭘 안 가, 걸어 올라가지⋯⋯."

오빠 답 왔다 해서 보니,

'헉, 공사 중이야. 대박~@@'

이런 놈을 봤나, 대박이라니. 신난 듯. 잠시 후 또 카톡이 왔다.

'물수건 준비해 놓을게……'

딸 씨가 크게 읽고. 다 같이 웃는다.

"야, 물수건 말고 들것 준비하라고 해!!"

앞날을 모르고 낄낄낄 웃느라 바쁘다.

17층~!

자, 걸어 올라갈 사람의 5인조 구성을 보자.

4살 남아, 6살 여아, 일찍 늙어 버린 노모=모모, 젓가락 같은 막내 딸, 그와 반대로 글래머 큰딸…….

그러니까 노약자, 어린이, 여성, 죄다 약하디 약한 문제적 조합이다. 목적지에서 기다리는 놈은 장애인(오해 마세요, 그냥 보면 영화배우죠, 큭큭).

아 참, 거기다가 반찬이니 뭐니 시장 봐 온 짐, 짐, 짐.

주차장에 있을 때 또 카톡이 날아왔다.

'짐들은 3시에 올라오고 사람만 와~'

하하. 그래도 지금쯤은 자상하시군.

가끔 여자들에겐 못 말리는 극성이라는 게 있다.
"에고~ 가져가자, 승질 급해서 어떻게 두고 가?!"

낑낑~ 그러나 4살, 6살은 풀어놓은 다람쥐처럼 경쟁하며 뛰어간다. 핵헥~ 겨우 1층이야? 모야……? 주차장이 지하 2…3……젠장. 야— 쉬었다 가! 암만 소리쳐도.

삼촌이 보고 싶은 아이들. 홍분. 남동생 사랑 극진한 딸 씨의 서두름. 오빠와 우애 돈독한 막내딸의 기쁨. 이 에미는 더하지. 어이 말릴 수가 있나.

극기 훈련 마치고 문을 여니~ 짜잔~ 초대형 3D 화면에 어린이용 환상 만화를 준비해 놓고 기다리는 아들. 노랑머리 브래드 피트 같은 아들이 환하게 웃고 있었다.

"그게 그렇게 힘들어?"
지 놈은 한 계단 오르기에 7초쯤을 걸리는 주제에…….

으아~! 삼촌이 준비해 놓은 아이맥스 영화관. 이러니 목숨 걸어도 가야지. 삼촌한테.

옛 친구를 만나다

십 년 넘어 귀국한 아들. 십 년 만에 친구들 열 명이 모였단다. 오랜만에 마주한 사나이들의 우정.

이십 대 말에 헤어져서 사십 대가 되어 만난 친구들이다. 으흐흐. 그간 놈들……. 소식은 이렇다.

열 명 중에 네 놈이 이혼하고 돌싱—돌아온 싱글, 네 놈은 아직 장가를 못 가고. 나머지 두 놈은……. 결혼해서 애 낳고, 죽지 못해 살고 있다.

마지막 말에 밥숟가락 넣다가 밥이 튀어 나왔다.

(그러나 웃지 못할 현실이다.)

가뭄 끝에 장마

밤새워 비 오더니 아침까지 어둑어둑. 비는 여전히 내린다. 감동 지수 높은 내가 커피 생각이 간절하다. 혼자 마시는 커피 맛도 있지만, 20미터 전방의 딸네 집으로~

(여배우이신 손녀딸이 지방 장기 촬영 도중에 하루 집에 와 있거등.)

그놈 신비한 눈망울과 굿모닝 하고 딸들과 모닝커피 한잔하고 오자.

우산 쓰고 2동에서 3동 가는데…… 이대로 가출해 버릴까? 비 맞으며……? 매혹적인 비.

언제 가 봐도 카페 같은 딸 씨네. 창밖을 보며 딸과 함께 차를 마시고 있는데……. 손녀딸이 하는 말―아주 간절하게 말한다.

"모모~! 저 빗소리를 들어봐……. 눈을 감고……." 하며 눈감고 서 있다.

(누가 모모 손녀딸 아니랄까 봐!)

영화를 무얼 찍냐? 저게 영화지. 저놈이 연출하는 것은 매 순간이 영화 같다. 희한한 놈이다. 나는 손녀딸의 광팬이다. 나의 여신.

"모모?! 눈 감고 저 빗소리를 들어 보라니깐~"
들고 보니 영락없이 손녀딸의 말은 어떤 가수의 노랫말이 아닌가.
눈을 감고 저 빗소리를 들어 봐요~ 여섯 살 소원이의 감성이다.

목마른 가뭄 끝에 드디어,
장마가 시작되는 아침입니다.
저절로 웃음이 나옵니다.
단비 같은 소원이 때문에.

유치장

어제 토요일 밤이라고 먼 동네에서 아들이 왔습니다. 지금은 혼자 사는 아들. 여기 와서 누이동생 매부 이 옴마……. 가끔 보고 가지요.

비싼 편이라(시간 내기) 그저 잠깐 머무는데 어젯밤은 제법 오래 앉아 있다 갔지요. 아들이 돌아가고 생각하니 맥주들 마시고. 음주단속 걸릴까 봐 시간을 버느라고 앉아 있었네요. 늦게 헤어졌죠.

그 생각이 다음 날에야 떠오르더니. 설마설마하면서도 좀 불안해서 문자를 보냈어요. 차암 빠르기도 하지…….
'너 혹시 어젯밤 음주단속 안 걸렸냐?' 하고 보냈습니다.
얼마나 지났을까……. 답신이 뜨네요.

'웅. 걸려서 지금 구치소야……ㅋㅋㅋ' 이러네요.

ㅋㅋㅋㅋ 설마.

혹시 설마가 사람 잡는 건 아니겠쥬?

농담 헷갈리게 마라, 이눔아~

* 이 글을 잘못 써서 고칠까 하다가, 이대로 원문 살리고 대신 여기 설명 부언하기로. 왜냐면 나 같은 문외한도 있을 터이므로. 나처럼 이 기회에 분명히 알자는.

경찰서에서 조사한 후 구속영장이 나와서 가는 곳이 구치소. 사건을 저질러서(음주도 사건에 해당) 검거되어 가는 곳은 경찰서 유치장입니다……. 흐흐흐.

형이 확정되어서 가는 곳은 교도소, 순서로 따지면…… 유치장에서 구치소, 구치소에서 교도소로 그리고 다시 집으로 갑니다.

어떤 이는 가끔 교도소에서 병원을 들러서 집으로 오는 이도 있고 구치소에서 병원을 거쳐 집으로 오는 이도 있습니다.

그래서 하는 말. 들어오는 길은 하나이나, 나가는 길은 돈과 권력에 따라 여럿이다.

우리는 부자야

그렇지. 아이들 아니면 웃을 일이 뭐 있냐? 하는, 노년의 시절 맞나 보다.

여름날. 극한의 더위. 서울 36도. 6살 소원이가 촬영 현장에서 돌아왔단다. 촬영은 재래식 시장 현장. 낮 2시. 꼭두점 열기의 시장통. 끔찍하다.

시장통 낮 2시면 아마 체감온도 40도는 될 거다. 인간의 체온보다 높다.

거기에 구급차가 대기하고, 소원이는 얼음조끼를 입히고 에스키모 동굴을 만들고 별별 난리를 쳐서 어린이를 보호한다 쳐도, 이게 무슨 미친 짓이냐 이 말이다.

거기서 무슨 작품이 나오겠냐고. 한여름 꼭짓점 더위 열대 시간에~! 혹한의 겨울 장면을 찍는단다. 옷을 잔뜩 껴입고 말이다.

이 바닥 이야기 쓰자면 죽음이다. 배우란 배우는 다 견디는 일이다. 그냥 한 해 지나서 개봉하면 안 되나? 한 해 미리 찍든가 말이다.

영락 없이 급조되는 한국 사회의 표본이 아니겠나.

각설하고. 천만다행히 오후 7시에 돌아왔다. 안 그랬음 모모 수류탄 들고 쳐들어갔지.

돌아온 소원이를 즉시 베란다 수영장에 넣어 주었단다.
(수영장은 무슨……. 한 뼘 베란다의 수영장 튜브에 바람 넣어서 물 받은 것)
저녁 해가 뉘엿 넘어가니 밖이 보이도록 커텐을 확 젖혀 주었단다.

커텐을 젖히자, 녹색으로 가득 찬 바깥 풍경이 열리고, 소원이가 한참을 넋을 잃고 생각에 잠긴 듯하더란다.
"너 무슨 생각해……?" 즈 엄마가 물으니까,
"으응……. 우리는 돈이 많아서 이렇게 좋은 집에서 살구나…… 생각한 거야……."
"왜?"
"돈이 많으니까 파랗게 산이랑 숲이 있어서……. 우리 집이 좋아."

즈 엄마 참으로 어이가 없다. 서울에서 이보다 싼 아파트 나와 보라~ 소외된 외곽의 20여 평 아담한 집. 아닌 게 아니라 그 맛에 왔고, 살았고, 행복했던 우리 집. 이 동네. 빈촌.
평소에 풀밭 데리고 다니며, 산에 오르며, 어른들이 한 말. '이 산과들이 다 우리 것이니 이게 부자 아니고 뭐냐' 하던 분위기가 전염된 모양이지.

"우리는 돈이 별로 없어서 이런 데서 사는 거야~" 내 딸 씨가 말했단다.
(아니 그런 말은 굳이 왜 하는데? 거짓이나 허세가 없는 울 딸)

"돈이 많은 사람들은 타미 삼촌처럼……그런 아파트에 살아~"(헉?)
애먼 삼촌은 왜 들먹인 거야—계속하는 큰딸 씨 말이 더 웃겼다.

그런데 쬐그만 수영장에서 과일 빙수를 들고, 비스듬히 포즈를 잡고 즐기는 소원이는 영락없이 스타의 포스가 있다.
요는 그 주변에 즈 엄마가 해 놓은 인테리어도 한몫한다. 어린이용 작고 낮은 바구니 같은 흰색 의자, 하얀 빅사이즈 수건이 그 의자에 소원이 전용으로 항상 우아하게 걸쳐져 있고, 뽀송하고 세련된 카펫으로 된 발 닦이 하나, 베란다 천정에 직접 달아 놓은 갤러리 같은 조명, 벽에 잘 배치해서 걸어 놓은 사진들…….
푸른 숲을 배경으로 앙증맞은 소원이가 휴식을 취하고 있다.

집에 돈이 많아서 산이랑 나무가 많다는 아이. 푸하하하. "소원아~ 우린 돈이 없어서 이런 곳에 사는 거야."라고 말해 주었다는 즈 엄마.
돈 있다간 큰일 나겠군. 아무래도 소원이는 착한 즈 엄마, 내 딸에게 하늘이 내려 주신 로또다.

의미심장하지만. 많이 웃었다.

핸폰 분실 - 대형사고

만 이틀 동안 핸폰 분실 사고가 생겼다. 그거 막상 당하니까 장난이 아니었다.

20미터 전방의 딸 씨 집. 재활용 쓰레기나 물 쓰레기를 버릴 때 딸씨 집 가는 길에 핑계가 되어 좋다.

곁에 딸 씨가 살지 않는 사람은 쓰레기도 안 버리나? 그놈의 쓰레기 버리기가 싫어서 평생 쓰레기를 껴안고 살겠구만 딸 씨한테 가 보자는 핑계로 들고 나간다.

그날. 양손에 주렁주렁 봉지를 들고 쓰레기를 비우면서 빨간 손가방—휴대폰 주머니로 잔돈(아이스크림 사 먹을 정도)과 메모지 등등 그 밖에 무엇이 들었을지는 모르겠다—이 주머니를 쓰레기 버리면서 깜박했나? 그걸 들고 있었는지 말았는지.

보무도 당당하게 딸 씨랑 놀다가 밤 늦어져서 집에 와서 자고는 여전히 까~맣게 잊은 핸폰. 더워서 아무도 연락도 없고. 가족만 조용하면 한 이틀은 해방될 수 있는 무더위 속의 핸폰.

으!

아침부터 집 전화가 울리고 받아 보니 핸폰으로 연락해야 할 중대한 사건들이 발생. 그런데 핸폰이 안 보인다. 집 전화로 눌러 봐도 마이클 잭슨의 노랫소리는 안 들리고…….

'느그들 집에 내 핸드폰 있느냐?' 대소동을 피우며 찾아 봤자 도무지 오리무중. 아아~ 그것이 없어지자마자 왜 이리 중대사가 많냐.

오늘 중에 확답받아야 할 반품 소동에서부터, 문자로 보내야 할 단체 소동에 이르기까지. 완전히 이성을 잃어 가고 있었다.

딸 씨는 본부에서 이집트 미로보다 더 어렵고 난해한 ARS의 끝없는 미궁을 헤매며 분실 신고에 들어갔고, 뭐 발신 정지, 해지, 뭐 실명 확인 등등~ 끔찍.

나는 경비실에 가서 혹혹혹시나……핸폰 들어온 것 있냐? 집 주변에서 잃어버렸다.

"여기가 시장통은 아니라서요…….”

"???"

경비아저씨의 딱한 소리만 듣고.

아들 딸 친구들. 우선 급한 곳에 삥~ 딸 씨 손전화로 '엄마의 핸폰이 분실되었으니 급한 연락은 *** 요렇게 하세요~' 신고했다.

만감이 교차했다. 이참에 원시인으로 살까? 까짓거, 완전히 잠수하자, 완전 칩거하자, 완전 은둔하자. 구체적인 결말이 서론 중론 결론. 상상 망상 허상. 필름으로 지나가고.

이참에 스마트폰으로 갈아탈까? 이번에는 반대로 오만 스쳐 가는 상상이 난무한다. 지금도 버거운 인생. 카톡해야지. 일일이 답해야지. 생각에 빠지고 빠져 작가 이외수의 삶까지 이어진다.
(그는 뒤늦게 첨단의 매체들을 섭렵, 젊은이들의 각종 SNS, 페이스북 등등에서 네티즌 대통령이라나? 요란하다. 샘나는가 모모?)

홀가분한 상상. 버거운 상상. 휴우~

딸 씨 집에서 한숨 쉬고 있는데. 이 더위에 초인종을 울리는 저 작자가 누구냐? 딸 씨 집 현관에 손님이 왔나 보다.
"어머~ 감사합니다. 맞아요, 엄마 핸드폰……. 지금 우울하신데……. 기뻐하실 거에요!"

경비실에서 내 후진 핸폰을, 빨갛게 달랑거리는 내 주머니까지 고스란히 들고 오셨단다.
(사실, 내 우편물은 서울시 구로구 아무개, 이렇게 주소 없이 오기도 한다. 흠흠~ 근데 지금 이 소리를 왜 하지?)

우와~ 주워 오신(?) 내 핸폰을 열자, '이 전화기는 분실된 상태로서 통화 정지 중이오니 만약 사용 시에는 형법 몇 조에 의해 처벌되오니 **** 이 번호로 연락하시기 바랍니다'

뭐 이런 요지의 문자가 바로 뜬다.

그로부터, 우리 딸 씨.

땀을 뻘뻘 흘리며 이제 이집트 미로에서 몇억 년 더 멀리 가야 하는 ARS 난제에 부딪혔다. 다시 분실 해지하는 데는 본인이 출두해야 하는 지경???(핸폰마다 사정이 있는 법이다)

아이고 머리야, (내 머리 말고) 딸 씨 머리를 빌려 가까스로 다시 원상복구. 시계를 뒤로 돌려서 이제 다시 제일 급한 아들, 딸, 친지들에게 원상복구를 알렸다.

이제야 결론이다. 유머 수다 끝이다. 제일 먼저 문자 온 것이 아들로부터다.

'핸폰 고장은 없수⋯⋯? 그거 옴마가 스마트폰 갖고 싶어서 쓰레기통에다 몰래 버린 것을 눈치 없는 경비 아저씨가 찾아 오셨구만?'

낄낄낄.

현미

한참 궁리를 하다가. 나의 무식, 무상식. 차마 부끄럽네.

(왜 현미가 그냥 쌀보다 비쌀까……)

내 상식으로, 내가 알기에는, 그냥 쌀(백미 백미 하기엔 넘 유식하군. 현미도 모르는 주제에)은 도정을 열 번 해야 한다면!!! 현미는 도정을 서너 번……? 암튼 흰쌀보다 방앗간에서 깎아내는 작업이 반쯤 되는 것 아니냐고??

그런데 왜 현미가 비싸냐고. 열 번 깎는 흰쌀보다 다섯 번 깎는 현미가 왜 비싼거냐고라???

이놈의 독거노인, 현미 살 때마다 넘 비싸서. 나 굶어야 하나? 농업 아시는 분, 진짜로 알려주세요. 왜 현미가 비싼가요? 도자기처럼 빚어내기가 어려운가요? 나 쌀 떨어졌다.

(나중에 알아 본 바, 일종의 수급 관계, 즉 수요와 공급의 비율로 현미가 비싼 것. 그러면 아예 국민건강을 위해 의무적으로 현미를

더 많이 만들면 되지 않을까?)

쌀 뻥튀기

토요일에 밍이가 일찍 들어왔다. 나는 감기 중이어서 밍이가 전화를 했었다.

"엄마! 들어갈 때 뻥튀기 사 갈게." 밍이가 그랬었는데…….

"뻥튀기 사 온다더니……." 내가 기운 없이 물었다.

"샀어. 그런데……. (웃음) 오다가 우리가 다 먹었어."

"차가 막혔나 보지?"

서부간선도로에서—항상 막히니까—차 속에서 뻥튀기 먹고 앉아 있는 게 상상이 되었다.

"응……. 그래도 다섯 장 남았어."

내 방으로 들어온 나는 아무 소리 않고 다섯 장 남은 뻥튀기를 씹으며 텔레비전 앞에 앉았다. 주말의 EBS는 정말 볼거리가 많다.

"야, 이 뻥튀기 희한하게 맛있다~" 큰소리를 지르니까 "엄마, 그치? 아무래도 언니한테 그걸 더 사 오래야겠다. 정말 맛있는 거 같아."

(우린 역시 뻥튀기 전문가구나)

우리 집에서 뻥튀기 킬러는 밍이와 이 엄마다. 큰 놈은 매번 그걸 무슨 맛으로 먹느냐고 한다. 밍이와 내가 아니면 뻥튀기는 하 세월

그 자리에 방치되어 있을 것이다.

　무미건조하고 담백하여 이 좋은 것을……. 이렇듯 한 집안에도 여러 빛깔이 존재한다. 빨리 뻥튀기 사와~

택배 한국

친구랑 오랜만에 산책하면서 천천히, 온종일 잔잔한 이야기를 나누었다.

때가 김장철이고 보니, 김장을 하느냐 마느냐 하다가, 어디서 무엇이 오고 등등 택배 이야기가 나왔다.

친구가 갑자기 약간 흥분을 하면서 요즘은 참으로 별별 것이 다 택배로 온다고 기염을 토하는데, 기상천외한 물건들, 특히 몸에 좋다는 별별 달인 물……까지.

과장된 택배 물건을 말하고자 버벅대는 친구에게 내가 대신 말했다.

"알아. 숭늉까지 끓여서 택배를 부친다구~!"라고 말하자 친구는 데굴데굴~ "누가 숭늉까지 아무리~" 웃음을 마치지 못하고 푸념이다.

우리나라 교육열만큼이나 심각한 자식 과잉사랑과 맞물려서 서울 올라간 자식들 공부만 잘하라고, 숭늉까지 끓여서 당일 택배로 보내는.

나 같은 선찮은 엄마 기죽이는 열혈 극성 엄마들.

레전드급 한국형 엄마들의 극성 교육열. 교육제도 개선이 아무리 시급해도 맹렬 학부형들 때문에 되는 일이 없다.

'아놔~ 만 18세 선거권!' 학부모들이 싫다고 반발해서 안된다. 고3인데 공부에 집중을 못한다고 강렬 거부.

쉐상에나~! 선거 한번 치르는 동안 배우는 게 얼마나 많을까마는, 그저 온실 속 화초같은 교육.

무엇이 중한디? 미치고 싶다니까.

연말에서 새해로

연말의 제야 종소리도 지났을 시간, 새해맞이 자정에 잠을 잘 리 없다. 그러니까 아주 늦은, 자정도 넘은 시각. 카톡이 왔다.

전신이 불편한 아들로부터(이놈 곁에 사람이 하나 붙어야 하는데). 멀리멀리 미국서 오더니 가족마저 떼 버리려고 남양주까지 내려갔다.

혼자서, 어느 영화 속 휴 그랜트처럼 산다. 부자 백수로 나오는 영화 속 배우. 미국에서 하던 경험적 사업을 새로 시작해서 바쁜 모양인데. 자정 넘어 귀가했는지.

'추워서 옷을 껴입었더니, 옷 벗는 동안 해가 바뀌었네.' 카톡이다. 새해 인사를 요지경으로 하는 것일 테다.

참으로, 웃을 수밖에 없는 블랙 유머를 달고 사는 놈. 실지로 아들이 옷 벗는 모습이 오버랩된다. 오른팔은 거의 부동이라 왼손으로 밥을 먹는……. 어린 날부터의 고행.

모자에 야구모자 같은 챙이 없다면 아무리 발버둥 쳐도 그 간단한 모자 쓰기도 불가. 가장 곤란한 것은 양말 신고 벗기. 상체를 자유롭게 굽히지 못한다. 그러나 가만히 서 있으면 점쟁이도 모를 멀쩡한 아이돌 포스다.

나 참. 내 인생만큼이나 억울하고 답답할 노릇이 바로 이 생김새와 어울리지 않은 현실.

스마트폰을 곰곰이 들여다보며……. 그냥 웃고 있는데 (안 웃으면 어쩔꺼냐?) 또 온다.

'옷을 많이 입으면, 벗는 데 한 해가 가는고나……'
울지 말고 웃자, 그게 아들이 바라는 바.

(네가 멀쩡했으면 세상이 불공평하려나? 서양미남 같은 울 아들. 장애인 의식이라곤 일(1)도 없는 멋진 놈. 아들에 관해서라면 대하장편으로도 부족할 한 많은 사연. 놈은 열 살 이전에 전국의 명산을 다 오르내렸다. 믿거나 말거나. 융통성 없는 부모의 과욕이 부른 참사. 죽을 때까지 안고 가야 할 바울의 가시가 되었다.)

매화빌라

우리 집 이름이다. 형편없이 후진 이 동네. 후진 아파트. 그래도 이름은……. 썩 괜찮다고 생각한다. 혀 꼬부라지는 뭔 뭔 길거나 짧은 온통 영어식 이름보다, 너무 멋 부린 과잉 멋쟁이 이름보다.

'매화빌라' '매화마을'

이름만 척 들어도 그 수준이 짐작되는……. 적당히 촌시럽고, 고전적이고, 제법 한글적인…….

4살 선우(손자 녀석)는 소원이만큼 말이 늦돼서 정말 애 터지고 웃긴다. 통역사가 있어야만 하는데 말은 또 쉴 새 없이 한다.

이따금 혹시라도, 애를 잃어버린다면 어디서 사냐? 뭐 버벅대더라도 자기 사는 집 이름 알려 주기는 배워야겠다. 하긴 알려 줄 게 어디 그뿐인가? 인간이 죽을 때까지 배워야 하는 걸 생각하면 숨통 막히려고 한다.

운전하는 즈 엄마가 집에 도착할 무렵, 느닷없이 물었다.

"선우야, 집에 다 왔네. 보이지? 우리 집 이름이 뭐야? 선우 어디서 살아?"

"응. 집에서 살아."

"아니이~ 선우네 집 이름 있잖아, 매, 화, 빌, 라!"

"으응~매라비라~!"

무척 자신있게, 빠르게 대답한다. 매라비라! 엄청나게 웃었다.

"매~화~빌~라~! 해 봐."

"매~라~비~라~!"

선우는 '매라비라'에서 산다. 죽어도 발음이 안 된다. 깝~깝~ 하다.

"선우야. '두산 위브 더 트래지움' 해 봐."

삼촌이 또 웃긴다. 어디서 저렇게 긴 이름을 적시안타로 쏟아 놓는지. 어른들만 터진다. 삼촌(내 아들)은 40대 중년이 되어도 10대의 유머를 날리곤 한다.

배꼽 쥐고 웃는데 삼촌이 한술 더 뜬다.

"선우야 이건 쉽지? 따라 해 봐. '용산 센트럴 파크 헤링턴 스퀘어'"

이건 웃을 일이 아니다. 이래도 멋지다 잘났다 안 할래? 국적 없는 건물 이름들. 아파트 영어식 이름들.

동네의 선우 또래를 보자면 한글도 다 읽고 완전히 사내다. 티비 방송의 영재발굴단은 어떻고? 그러나 조심하자. 비교는 금물이며 보여지는 것이 다가 아니라는 우주적 진리.

어쨌거나 어린이는 스물일곱 번 변한다는 즈이 삼촌의 센스가 가미된 위로. 근데 왜 하필 스물일곱 번인지……?

선우의 울부짖음

선우 다섯 살. 남들은 천자문 뗀다는구먼. 선우는 통역 없이는 소통도 못 한다(소원이도 말이 늦더니).

그래도 지금 봐서는 내가 좋아하는 남자 스타일~ 일단 능력이 있다. 선우에겐 치명적인 매력이 있다. 나만의 생각 아니옵니다.

특히 땅 파기, 흙 만지기, 등등 야외 노동 스타일~ 돌멩이 한 개도 그냥 두지 않는다(지금 비웃고 있나?). 곤충 생명체는 지렁이도 귀여워 죽는다.

나랑 땅파기 하며 놀던 중,

"선우는 커서 농부 되겠네~"

내가 혼잣말을 하는데…… 지나가던 할머니가 나를 거의 준엄하게 꾸짖듯이 혀를 끌끌 찬다.

"애한테 그런 말을……."

한심하다는 듯 선우를 동정하는 눈빛으로 보며 간다. 나는 그 할머니를 매우 동정 어린 눈으로 전송했다.

풀밭에 내놓으면 그대로 미쳐 버리는 선우. 제주도. 말(馬)이 있는 펜션에 갔으니 얼마나 좋냐. 애들이 생긴 후로는 정해진 펜션에 묵는다.

(위치랑 자연환경이 썩 좋은 목장 딸린 펜션. 애월에 있는 폴라리스 목조 펜션이다.)

서울에서부터 당근을 한 자루 사 가지만—이게 바로 서울 촌놈의 무지한 발상이다. 제주도의 제1위로 흔한 농작물은 당근. 온 밭에 널브러져 주워가는 게 당근이란다.

그런데 우린 비싼 걸 바리바리 챙겨 갔다는 것. 폴라리스 말들은 당근 안 먹는다. 유기농 풀만 먹지—수년 후에 알았다.

가자마자 풀밭에 엎어져서 말을 먹이느라고 정신없다. 말들도 좋아한다. 나는 곁에서 냉이를 캤다.

(한 줌 가지고 서울 왔는데……. 으왕~ 그 맛. 흙냄새 풍미의 제주산 냉잇국!!!)

자꾸 나의 냉이 캐기에 관심 갖는 선우. 날이 어둑해지자, 숙소 앞에 바베큐는 딸들이 준비 완료. 선우가 풀을 쥐어뜯어서 자꾸 내 냉이 봉지에 쑤셔 넣으려 하고.

"그건 말이 먹는 거고……. 모모꺼는 우리 먹을 거야, 사람이 먹는 거……."

"으응……? 그래……? 아라써……."

어디론가 미친놈처럼 옮겨 다니며 한 움큼씩 잘도 뜯어온다.

내가 숯불을 싫어해서 바베큐는 은박지를 사용한다. 무슨 맛이냐고……? 은박지 위에 씻어 온 냉이도 올렸다(성질 급한 나. 자연산 빨리 먹고 싶다).

잠시 후, 선우가 흙과 검불과 풀이 뒤섞인 풀 무더기를 작은 가슴에 껴안고 바베큐장에 등장! 거기까지는 좋았다.

(내가 초반에 선우 능력 있는 남자라고 했겠다. 한다면 한다.)

"모모~! 내가 먹을 거 캐 왔어~!!"

그 잠깐의 짧은 시간에. 바베큐장은 아수라장이 되었다.

말도 마시라. 기겁하게 흙 묻은 풀 무더기를 바베큐에 올리는 선우. 말리는 우리. 결국, 선우는 서럽게 서럽게 울게 되었다.

"왜 내가…… 모모 주려고…… 먹을 거 캐 왔는데…… 안 먹냐고~ 엉엉."

"왜 내꺼는 안 먹냐고오~!"

아아~ 이놈 선우가 모모 사랑하는 거 장난 아니다. 그저 틈만 나면 "모모 하랑해"……. '사' 발음 죽어도 안 되어 하랑해……. 갈선우를 '갈허누'라고 하는 지경이다.

101

그날 완전히 우리가 풀을 씹어 먹는 시늉을 하기까지 "왜 내꺼는 안 먹냐고~" 하면서 대성통곡하는 장면. 어찌 말로 옮길 수 있나. 웃어야 할지, 울어야 할지.

양육은 참으로, 때로는, 난감한 일이로다.

* 어느 날은 제주 공항에서 악몽의 17분.
소원이를 알아본 팬들이 몰려와 사진을 찍고 사람숲에 가려져 북새통을 이루다 보니 선우가 안 보였다. 으악~ 없다. 소원이는 숲에 가려 있지, 티내며 말릴 수도 없지, 어찌어찌 참담한 시간이 흐르고 찾아낸 선우는 멀리도 갔다. 쥐방울처럼 누군가를 따라갔는지, 무엇에 홀렸는지,
악몽은 줄이자.

자랑질

어린이 중에……. 밖에 나가려면 꼭 손에 뭘 쥐고 가려는 놈이 있다(유치하게시리). 우리 집 선우(6살)이 바로 그런 놈. 교회 차가 와서 토요일이면 데리고 가시는데 또 커다란 장난감 들고 나선다.

차 한잔하러 딸 씨 집 가던 내게 딱 걸렸다.

"선우야, 그런 걸 갖고 나가면 친구들도 갖고 싶어서 되겠냐? 네가 줄꺼냐? 그 애들이 또 엄마아빠를 조를 거 아니냐?"

즈이 엄마 함께 들리도록 타일렀는데 딸 씨가 말한다.

"엄마, 걱정 마~ 요즘 아이들 더 많아, 선우 것 부러울 놈 없어." 한다.

이 딸 씨가 뭘 알고 하는 소리겠나? 배부른 놈은 배고픈 자의 허기를 모르는 식은 아닐지. 아니면 내가 또 구닥다린지. 요새 아이들 과연 결핍을 모른다. 결핍, 그것도 값진 체험인 것을…….

메뉴판 오른쪽

나의 큰딸 씨. 소원이, 선우의 엄마. 오지랖 넓고 덕성이 좋은 나의 보배. 이 모든 장점이 단점도 되는 이치도 있지만.

대가족이 식당에 갔다. 제주도 음식은 비싸기로 전국 1위 될 거다. 자연 신경이 쓰인다. 한번 모이면 열 명 단위가 넘는 가족 인원과 고급 식당의 과분한 지출.

제법 골똘히 메뉴판을 보고 나서 시원시원 잘도 시킨다. 유머뱅크 아들이 나를 보며 한 마디.

"엄마, 그냥 맛있는 거 시켜. 메뉴판 오른쪽은 볼 필요 없고!" 좌중이 웃자,

"누나가 메뉴 오른쪽 보냐고! 거긴 관심도 없어. 그게 현명한 거야."

사실이다. 가격 따위를 볼 필요가 없는 딸. 더 심한 것은 어디를 가서든 흥정이나 수를 쓰지 않는다. 아니 못 한다, 전혀.

옛날에 딸의 인테리어 업무차 이태원 고가구 집에 따라갔다. 구매한 모든 값이 삼백삼십몇만 원?

이를테면 업체 주인도 끝머리 만원 대는 깎아 줄 각오를 하고 있을 터, 보통의 고객들이면 일단 십만 원대를 놓고도 흥정할 만하다. 삼

백만 원에 주세요~ 식으로.

그런데 주인이 깎아 주려는 찰나, 그 이전에 딸 씨는 우아하게. 정확하게. 삼백삼십몇만 원을⋯⋯지갑에서 고스란히 챙겨 내밀고 있다.

또 있다. 제주도 무슨 박람회. 무슨 청소용품 먼지떨이(타조 털?)인지를 구경 중인 딸. 나는 공짜로 준대도 청소도구 더 이상 필요 없구만. 자그마치 4개를 달라고 하더니⋯⋯.

개당 만육천 원. 그럼 누구라도 일단 흥정할 터, 4개나 사니까 만오천 원에 주세요~ 이 정도는 기본 아닐까? 그때도 이미 딸 씨는 곱하기 4개 값을 착실하게 계산해서 내밀었다.

그때 매장의 청년, 이런 고백을 하더라니까.

'제가 오늘 아침 새벽에 제주항에 내렸는데요⋯⋯. 사람들이 그러더라고요. 제주도 가면 재미 볼 거다. 제주도 사람들은 별로 깎지도 않고 돈을 잘 쓴다. (하더니 사실이네요.)' 하는 뜻이었다.

나 참, 어이가 없어서. 그런데 걱정도 간섭도 안 하기로 했다. 왜냐하면, 운명의 신은 모든 걸 아시리라 믿기 때문이다. 돈이 많고 적고와는 상관없는 삶의 방식이다.

딸 씨는 넓은 오지랖으로 재미와 즐거움을 만들고 사람들과 기쁨을 누린다.

'뿌린 대로 거두리라'는 진리를 가장 극명하게 보여 주는 딸 씨. 영락없이 이 녀석의 넉넉한 마음씨는 모든 이들로부터 부메랑이 되어서 돌아오는 듯하다.

(딸은 결코 부자가 아니며, 이즈음 한국에 흔히 널브러진 돈과 경제의 논리로 잘 사는 게 아님.)

동전지갑 하나도 명품이 없는 딸들. 만들어서 쓰는 즐거움을 그 무엇에 비하랴.

＊파란 코트 한 벌을 세 여자가(두 딸에, 며느리까지) 어쩌다 중요한 날에 공동으로 입는다는 것. 이야기할까 말까? 흐흐.

경상도 말씨

뒷동산에 올랐다. 나의 이야기다. 내 이야기만으로 웃겨 본다. 내가 거꾸로 매달리기를 하고 있을 때였다. 조용한 동네 산, 아무도 없기 일쑤. 그때 소리만 들리는 두 여자 나타났다.

"언니야~ 내는 한 살이라도 더 먹은 사람과 안 논다. 그렇잖아. 내가 늙어지는 거 아잉가? 그래 내는 한 살이라도 덜 먹은 사람하고만 노는기라!!!"

안 그래도 내가 본능적으로 싫어하는 그 강한 억양. 지역감정이 웬수인 이 나라에서 무척 조심하려고 하지만서두. 어째 그 지역 말투는 저리 감성이 메말랐는지 연구대상이다~ 경상도 내 친구야 삐지지 마?

도대체 어떻게 생긴 여자일까? 어쩌자고, 왜, 연신 옆 사람에게 언니 언니 하면서 저런 모순투성이의 말을 저토록 강력하게, 저토록 확신에 차서, 저리 강한 어조로 지껄인단 말인가? 곁의 언니는 뭐냐고.

돌이켜 보니, 전광석화처럼 빠르게 지나가는 나의 회상. 나는 그녀와 반대로 주로 항상 막내였던 것이 생각났고. 언니, 선배, 좋아하고.

그런데 어느덧 나이가 드니 오늘날.

저절로…… 이제는 평균 10년 연하의 인연들이다. 글쎄 다들 어디 갔는지……. 스스로 찾아오는 사람치고 모두 십 년 정도 연하의 세계로구만……. 아주 짧은 순간에 그 강렬한 경상도 억양 여자는 나를 회상으로 이끌었다.

혹시 저 억양녀가 거꾸로 매달리기 하려고 이 장소에 왔나 싶어 물려 주려고 일어났고 그 자리를 뜨려는 찰나, 억양이 묻는다. 나를 향해 묻는다.

"자작나무가 우찌 생겼는지 아십니꺼?" 이것도 다짜고짜. 자작나무를 제대로 발음하지 않고 다박나무? 자박나무? @#$%^?……. 황당했다.

"요기 자작나무 숲이라꼬……."

아하~ 표지판에 자작나무 숲(?)을 가리킨다. 암튼 묻는 방법도 참 일방적이고 도발적이고~

아주 잠깐 멍~ 하고 있던 내 입에서 나온 대답.

"저는 나이가 많으니…… 한 살이라도 젊은 사람에게…… 물어보셔야……." 아주 친절히 말했다.

사실 그녀가 나보다 더 늙었는지 젊었는지도 모르겠다. 관심 밖이다. 푸하하하~ 그들을 두고 자리를 뜨는데…… 조용하다. 고약한 나의 뒤통수?

이번에는 뒤돌아보며 한가롭게 말해 줬다.

"자작나무는 줄기가 매끄럽고 얼룩이 졌을 겁니다."

선물 던지듯, 흐흐흐.

내가 왜 그렇게 능청스러웠는지. 질문은 왜 그렇게 도발적인지.
아무튼, 그쪽 지방 억양은 내 본능과 수직으로 맞서는 경향이 있다.

그들은 절대 표준어 따위 관심이 없는 건지, 고칠 생각도 없는지,
자기중심적으로 보인다. 온갖 방송 매체 보라. 몇몇 권력형으로 보
이는 연예인은 어김없이 못 고치는 자만심?!

내 책이 나올 때마다 전국 독자 분포 리서치가 나오는데. 전국 1위
가 대구, 경북, 울산 지역이다. 출판사마다 저절로 나오는 통계. 이런
은혜로운 분들에게, 세상의 이치는 항상 모순과 편견이 존재한다니
까요. 용서하십쇼.

우리 언니(올케)도 경상도 마산녀. 언니의 거침없는 말씀이 날아
오네.

"고모야 이 문딩이……. 글을 그리 쓰면 우짜노?"

검게 타는 제주도

소원이가 방학을 했답니다. 방학 다음 날 바로 제주도에 갔습니다. 제주도를 엔간히 좋아해서. 저만 빼고 일가친척 누이동생, 매부, 사촌…… 13명인지 갔답니다.

저는 왜 안 갔냐면, 지난번에 제주도 공항에서 '죽음의 17분' 제목만 붙여 놓고 쓰지 못한 사건. 소원이한테 팬들이 몰려와 둘러싸여 우왕좌왕하는 사이 선우(5살)가 없어진 것입니다.
아아…… 가슴이 또 벌렁 답답~ 여기서 뚝.

그건 핑계고, 혼자 있으면 조용하고 새로운 꿈같은 시간. 언제는 혼자 아닌가만은 동네가 조용하니까요. 이래봤자 단 30분이 멀다고 카톡, 사진, 동영상, 일일이 보고, 뭐 함께 있는 거나 다를 바 없죠.

근데 문제가 생겼습니다. 소원이 피부가 너무 까맣게, 열심히 타서 흑인 혼혈이라는 소리 듣겠구만요.
(원래 연관검색어에 빠지지 않는 문구, '혼혈', 궁금증 현재 진행형)

이놈은 돌아오자마자 촬영에 들어가야 하는데 이번 역할은 계속 병원, 병실에 있는 어린 환자입니다. 창백하고 허옇게 병원 시트 위에 누운 환자여야 하는데…….

검둥이가 되어서 어찌해야 하는가? 제주도 전에 벌써 온갖 수영장, 안면도 바다, 하다못해 동네 분수 공원까지. 그저 발가벗고 뛰어놀았으니까요. 원래가 또 좀 가무잡잡한지라 잘 탑니다.

농담이 아니라 심각합니다. 마이클 잭슨처럼 피부 희게 할 수도 없고.

- 이렇게 검게 타서 환자 역할 어떻게 하지?
- 작가에게 미리 뜸을 좀 드리지…….
- 아플수록 피부가 검게 되는 병은 없나? 그런 암시를 몇 줄 넣는 작가의 역량?
- 그러다가 점점 희어지면 또 어떡하고?
- 당연하지, 그러니까 병이 호전되면 피부도 희어진다……뭐 이런 캐릭터로?

누가 말려. 머리들은 좋아 가지고. 이게 농담이 아니라. 정말 그렇게라도 하지 않으면 여간 부자연하겠고. 우찌해야 창백한 환자 역할을 제대로 할 것인가? 어른들만 걱정이지, 소원이는 톰과 제리처럼 쪼르르 종일 바쁘게 놉니다.

작가가 얼마나 역량을 발휘해야, 환자란 꼭 허옇지만은 않다는 게 가능할까요.

　게다가 이번엔 치아가 위아래, 세 개나 동시에 흔들거리고 있습니다. 촬영 중에 빠질 텐데. 그런 난리가 없지요. 이미 한번 지난 겨울에 이빨 사건으로 한바탕.

　유머가 아니라, 고민 상담인가? 하하. 작품 촬영, 참 어려운 일입니다.

연예인

일부러 제목을 일단 연예인으로 했구만요. 이미지가 중요하니까, 흠흠.

딸 씨랑 여행 다녀오는 길에 차 속에서 전화벨이 울립니다. 내 큰딸 씨 후배가 "언니 내일 뭐 하세요?" 묻더랍니다. 딸이 대답하더군요.

"내일 바쁘다~ 오전에 스튜디오, 오후에는 피부 숍, 저녁에 촬영~!"

"언니?!!! 그건 딱 연예인 스케줄이세요~"

푸하하하~

천만의 말씀. 1번. 오전에 스튜디오란 평소 운영 중인 딸 씨 스튜디오에 어떤 업자가 장기 렌탈을 점검하려고 화장실, 부대시설 등등을 몸소 한번 구경 오겠다며 오전 시간을 약속한 것.

2번. 피부 숍은 안양에 숍을 개업한 후배가 인테리어 부탁을 해서, 마지막 단계. 도움의 손길을 주고 있는 터라 개업 직전에 한번 가 주기로 한 약속 날짜.

3번. 오후에 촬영은…… 흐흐흐, 그야말로 원래 예약이 잡혀있던 스튜디오 촬영이 있는 날이다. 무슨 가구업체, 라텍스 침구, 프랑스 식기, 줄줄이 회사 제품 촬영.

연예인은 무슨…… 완전히 노가다인 딸 씨 작업 스케줄이구만. 공교롭게도 나열해 보니. 딱 연예인 스타일이네?

옷 좀 벗겨 줘

우리 가족 그룹채팅방엔 7명이 묶여 있다. 귓속말 필수가 아니면 종일 7명이 오픈된 상태다. 그래야 멀리 있어도, 함께 살지 않아도 소통이 수월하겠다.

특히 소원이 일상생활의 분주함 등등 일일이 설명하지 않아도 서로 간의 하루 스케줄, 심지어 오늘 무엇을 먹고사는가까지⋯⋯. 좋은 점도 있다.

나는 주로 그 모든 상황에 안테나는 열려 있으나 조용~한 편이다.

그런데 오늘 아침, 딸 씨가 추석 선물(?) 겸사겸사 원피스 한 장을 사 주었는데 딸이 엔간히 치수를 잘 생각해서 구매했으려고. 그런데 이 옷이 간당간당 맞을 것도 같고 도저히 못 입을 것처럼 작아도 보였다.

위로 아래로, 좌우간 못 입을 옷을 사겠냐 싶어 몸부림하다가⋯⋯. 등 뒤로 길게 지퍼를 올리고 내리는 옷, 허리는 잘록하니 잘 입으면 요새 일기예보하는 여자들처럼 온몸의 선이 드러나는 옷. 그렇다고 야하진 않고 아주 합리적으로 멋지긴 한데, 요는 잘록한 부분이 온몸을 꽉 조이는 것.

몸부림치며 겨우 입었다. 계속 환자 비스름하게 기운이 쏙 빠진 상태라 옷 입어 보는 것도 버겁다. 에잇, 그럼 지퍼 먼저 채우고 거꾸로 입자, 하고 모가지 쑥 내밀고 겨우겨우 아래로 당겨서 옷 입는 데 성공했다.

그런데……. 나는 이제 꼼짝없이 갑옷에, 철가면에 갇힌 옛날 명작의 주인공처럼 되었다.

딱 생각해 봐도, 이것을 다시 벗을 아무런 방법이 없다. 위로는 엄두도 안 나고, 아래로 벗자니 등 뒤 지퍼는 손이 닿지도 않는다.

시시각각 몸은 조여 오고 옷의 질감 또한 방수천 비스름해서 완전 밀폐. 해녀 복장과 다를 바 없는데 벗을 방법이 없다. 숨은 차 온다.

더구나 나의 의복 스타일은 양말 한 짝도 쪼이면 안 되고……. 예수님 시절의 자루 옷이 좋다. 아랍 스타일, 할랑~할랑~ 어쩌면 지금 문제의 옷도 이대로 입고 나서면……? 마릴린 먼로가 될 수 있을지도 모르겠지만.

딱! 생각해도 이건 방법이 없넹.

(한쪽 팔이 뒤로 돌아가지 않는 증세 중이었다.)

급히 서서 가족 그룹 방에 문자를 보낸다. 위기 상황인데, 딸 씨들에게 일일이 속삭임 문자 보낼 여유조차 없는데, 왜 이런 웃음이 나오냐. 웃음만큼 더 힘들고 땀나고, 죽을 지경이다.

'누가 와서 빨랑 내 옷 좀 벗겨 줘~!'

시방 웃을 일이 아니다.

첫째, 사위가 두 명.

첨단 아이티 금융회사 사무실에서 업무 중일 큰사위에서부터~ 영업직 작은사위에~ 멀리 남양주에 혼자인 아들까지.

(이놈이야말로 날마다 이런 문자를 날릴 만해서 더 심각하다. 아들이야말로 하루면 옷 입고 벗는 일이 얼마나 버거울까 싶은데 엄마가 이런 문자를?!)

어쨌든 사위가 둘, 아들이 하나, 이 머스마들……. 그놈들이 볼 텐데…….

내가 숨이 넘어가기 직전, 이 시각 늦잠에 빠졌을 게 뻔한 막내딸이 올라왔다. 역시나 막내가 문자를 본 게 아니고(수면 중이니까) 지언니로부터 긴급 통화 왔더란다.

"야, 엄마한테 빨랑 올라가 봐." 해서 잠 깨고, 문자를 보니, 와서 옷을 벗기란다. 카톡 읽으면서 계단을 뛰어올랐겠지.

헉? 밍이 왔넹? 검정 갑옷에 숨통 터지기 직전의 이 옴마. 막내는 즉시 또 카톡을 보낸다. 죽어라 웃으면서.

'하마터면 옴마 돌아가실 뻔했다, 내가 와서 벗겼음'

아들놈들은 알아듣거나 말거나, 황당하거나 말거나.

'나 살았다'

즈그끼리 얼매나 웃었을지, 나는 웃느라고 흔들려서 겨우 보낸 문자다. 눈에서는 눈물인지 땀인지 범벅된 문자였다.

나는 자루 옷을 좋아한다. BC4년의 예수님 패션이 최고다. 색상마저 크림색. 최고의 내추럴함.

대기 명단

청춘 남녀가 만났다.

"나 맘에 들어?"

"응……."

두 사람 합의가 이루어졌다고 느낀 순간~!

"가자 그럼, 대기 명단에 올리도록……."

가장 시급한 것이 '국공립 어린이집 입학'을 위한 줄 서기. 흐흐흐. 지금 명단에 올려 놔도 아기가 태어나서 3살……4살……되면 입학이 가능할까?

잘하면 여섯 살……? 학교 들어가기 전까지 하늘의 별 따기 같은 어린이집, 유치원, 추첨이 될까?

이상한 나라 한국. 저출산, 보육비, 육아, 어린이집, 유치원 어쩌고 저쩌고 해싸지만 어디 헐렁한 곳이 있어야 보내지? 이건 현재 육아 현역만이 아는 현실이다.

우리 집 손녀. 손자. 두 놈 중 한 명도 어린이집을 보내지 못했다. 들어가는 그 방법도 야단법석에, 유치 뽕짝.

막상 어린이집에 가 보면 차마 보낼 수 없더라. 좁은 방구석에 어미 닭이 알을 품듯이 졸망졸망 열댓 명 아이들을 모아 놓고 온종일 그 좁은 구석에서 보낸다.

무얼 하며 보낼까? 거의 그 자리 앉아서 종이접기, 글씨? 전시적 교육 효과를 보여 주기 위한……? 서로가 참 안 됐다.

그런 델 보내려고. 남녀 뜻이 맞다 싶으면 어린이집 등록 먼저 해야 한다는 우스개. 대학입시는 저리 가라~ 출생과 함께 줄 서기와 경쟁은 시작되는 것이다.

＊우리집은 유치원을 보내지 않은 역대급 현실 배반자들.

빛나는 스펙을 접고 오직 소원이, 선우 양육에 올인해 준 내 딸 씨가 존경스럽다. 그렇다고 이유식 영양식 이런 것에 철두철미하지도 않고. 도통 말이 없는 묵직한 딸 씨.

＊나는 오히려 1950년대에 유치원을 다녔다. 검은 박쥐 같은 수녀님의 옷자락을 무서워했다는 일화가 있다.

그 역사도 사뭇 현실 배반적이로군.

오타

단 한 자의 오타로 마누라에게 귀싸대기 맞은 이야기.

어느 공처가가 회식에 갔다.

식당에 도착해서 음식이 나오고 막 숟갈을 들려고 하는데 마누라가 왜 안 오냐고 문자로 볶는다.

저녁만 먹고 빨리 가겠다고 문자를 보냈다.

밥도 먹는 둥 마는 둥 허겁지겁.

집에 도착해 현관에 들어서자마자 마누라가 귀싸대기를 올려붙인다.

아니 여보 왜 이러는데…….

마누라가 자기 전화기에 찍힌 남편의 문자를 내민다…….

문자는 이렇게 찍혀 있었던.

'여보 저년만 먹고 빨리 갈께'

심사위원

소원이가 국민적 사랑을 받은 영화로 최연소 여우주연상 후보에 올랐으나— 주최 측 특별 조치로(?) 아마도 초딩이도 안 된 어린애한테 큰 상을 줄 수는 없고, 흐흐흐…….

결국 심사위원 특별상을 수상했다. 행사 끝나고 이모(매니저)와 차를 타면서, 소원이의 기쁨에 찬 첫인사가, "이모~! 나 심사위원 됐어!!" 하더란다.

소원이처럼 순진무구할 수는 없다는 이모 말.

"쟤는(소원이) 완전히 애기야, 애기……."

그날, 영락없이 우리 집 먼저 직행한 소원이. 문 열고 내게 외치는 소리.

"모모~! 나 심사위원 됐어!!"

하하하하하…….

그래도 심사위원이라는 소리는 알아 둔 것인지? 심사위원이라는 게 뭔지, 어디서 들어 본 건지? 그게 뭔데? 하면 또 "나도 몰라." 할 것인지.

(얼마 전 선우와 싸울 때의 "나 여배우야!" 사건처럼.)

커피

아침 커피는 주로 막내딸과 나눈다. 아이가 없는 막내는 그래서 결혼 전의 딸 같다고나 할까?

내 커피의 취향은 40년 동안 믹스, 촌스럽기 짝이 없다. 집집마다 온갖 커피머신은 기본, 핸드드립, 에소프레소, 아메리카노 등등. 아오 기 죽어~ 대단한 커피 애호국.

변할 줄 모르는 나의 올드함. 유일하게 막내만 나를 따라 믹스를 마셔 준다.

그러다가 큰딸이 오면, 내가 그놈 맞춰 주려고 "나도 블랙으로~" 해서 괜히 밍밍 씁쓸한 블랙을 받아 들게 되고. 억지로 마시는데…….

오늘 아침 또 변덕을 부리게 되었다.
"막내야. 나 이제부터 블랙으로 마실 거야, 절대로~!"
시대가 변하면 쫌 따라가야지.

'어디 얼마나 가는지 봅시다······.'

막내의 속마음 소리가 들린다.

내가 조리대로 가 보니, 막내는 정성껏 원두를 제조하고 있다.

"웅! 내 커피?"

확인하며 책상 앞에 앉아 마신다······.

이걸 어쩌나······. 또 후회되고. 곁에는 막내가 관찰하고 있을 것이다. 도저히 맛이 없다.

"에잇······ 못 마시겠네, 나 딴 거~" 하고 일어나자 꺅꺅꺅~뒤에서 막내 웃음소리 자지러진다. 저렇게 재밌남?

나는 이렇게 해서, 대략 101번째 변덕을 부렸을 것이다. 원두 마시자고 101번은 결심했다 제자리로 왔을 것이다.

버릇 고치기가 담배 끊기와 같지! 이상도 하지. 내 반평생은 대학 앞 까페 주인으로 살았다. 커피맛이라면 최첨단이어야 한다.

사모님, 사모님

여섯 살 선우. 우리 집 3층 뒷 베란다에서 아래층을 내려다보았다. 선우 기척이 들렸기 때문이다.

문을 열고 내려다보니 선우가 어떤 아주머니 뒤를 쫓아간다. "사모님~ 사모님~!" 부르면서 말이다. 어처구니없게 웃기는 사모님~ 소리.

잠시 멘붕이 왔다. 사모님? 저게 어디서 주워들었나……? 아무리 생각해도 웃긴다.

아주머니 뒤를 쫓아 사모님을 부르며 뛰어가던 선우가 주춤 멈추어 서고 드디어 아주머니가 뒤돌아보시는 순간, 선우가 실망의 몸짓으로 좌우를 살피다 고개를 드니…… 모모가 내려다보고 있고.

나중에 큰딸과 만나 사모님을 부르며 뛰어간 선우 이야기를 했다.

큰딸 씨 죽어라 웃으며,

"그게, 주일마다 교회 사모님이 데려가시잖아~ 교회 가면 목사님 사모님께 누구나 사모님, 사모님 하니까…… 킥킥킥킥킥."

아아~ 그렇구나. 그렇게 되었구나~ 킥킥킥킥킥. 제 딴엔 사모님인

줄 알고 반갑게 뛰어갔는데, 돌아보니 아니었다.

하하하~ 선우가 엄청 귀여운 녀석이거든요(자요, 2만 원!).

청년부까지 하도 인기가 많은 선우라, 없으면 안 된다고 모셔 가 주시는 사모님. 가족 중에 선우만 교회에서 모셔 가신다니까요.

사모님, 사모님 부르며 따라가는 어린아이. 교회 가면 누나들한테 엄청 인기 있다니까요.

비자금 숨기기

아내 몰래 비자금 숨기는 방법.

봉투에 비자금을 넣고
겉봉에 이렇게 쓴다.
'당신 힘들 때 필요하면 써~ 사랑해.' 요렇게.
그리고 생각했던 깊은 장소에 숨겨 둔다.

그러면 들켜 봤자……?
안 들키면……?

푸헤헤헤~ 나머지는 알아서 하세요~

이래도 기발하다고 안 할래?

귀지 어떻게 파지?

귀에서 얇은 종잇장 소리가 나고 급기야 비행기 하강 전에 귀가 먹먹해지듯 항공 여행 후의 증세가 되고 보니 아무래도 귀에 귓밥이 원인 같은데—다른 증세나 까닭이 없으므로. 웬일인지 새삼, 본격적으로 귀지를 파야 할 것 같았다.

근데 귀지는 어디서 파나? 꼭 이비인후과에 가야만 하나? 가까운 가정의원에 전화해 봤다. 귀지 파는 거야 간단하니까 병원에서 다 파 주지 않을까? 안 파 준단다. 이비인후과에 가야 한단다.

그럼 이비인후과에서는 서비스로 안 해 주나? 것도 돈 내야겠지? 궁금해졌다. 세상에 공짜가 어딨다고. 더구나 병원에서.

그래서 이번에는 이비인후과에서 귀지 파 주나요? 검색에 들어갔다. 오오, 재밌는 아이티 왕국 대한민국.
별게 다 검색하면 나온다. 검색하다가 혼자 웃음이 빵~ 터졌다. 나 같은 처지인 사람들이 많나 보다. 별별 조언이 다 있었다.

그중에 정답.

이비인후과에 가서서 '귀지 파러 왔어요' 하고 미리 자수하지 말고 일단 귀가 이상해서(너무 과장, 오바하지도 말고) 좀 봐 주십사……. 진료 접수는 필수. 그러면 병원에서는 당연히, 일단 귀를 들여다보고, 그러기 위해서는 귀 청소를 하고(그러니까 귀지는 자동으로 공짜로 파고) 진찰 결과, 별일 없습니다~ 하면 진료 끝. 귀지 해결.

그런데 미리 "귀지 파려고 왔습니다~" 하게 되면, 의외로 그 요금은 생각보다 비싸다는 것.

도대체 얼마일까요? 전자의 경우 얼마? 후자의 경우 얼마? 그게 무지 재밌고 궁금합니다. 달그락달그락~ 아직도 소리가 조금 나죠. 턱을 앞뒤로 당기면 달그락달그락~

핀셋으로 귓구멍을…….
(유난히 귓구멍 작은 나=남의 말 안 듣는 거 맞습니다.)
무서워서 차마 이비인후과, 절절절대로 못 가고 있습니다.

아베크롬비

내가 만약 구제 수입상을 해 보지 않았다면…….

여기서 잠시 구제 수입상에 관해 설명하고 싶다. 같은 생선장사도 수산업이라 하듯이…… 하하…… 난 구제 사업으로 10년을 보낸다.

첫 시작은 미국에 사는 아들의 건강을 위한 나의 묘안이었다. 실제로 아들은 내게 좋은 의류를 구해서 보내느라고 몇 년 동안 규칙적인 운동—미국 매장들을 돌아다니는 것은 중노동에 속하는 걷기와 같다—덕분에 건강에도 도움이 컸다 한다.

안 그러면 아이스크림 한 개 사 먹을지라도 자동차로 움직이는 미국이 아닌가!

매장에서 안 팔리는 옷을 재활용하는 것은 내가 사는 즐거운 요소 중 첫 번째다.

만약에 미제 전문 매장을 해 보지 않고—내 시절 옛날옛날 방식으로, 좋은 물건을 무조건 미제라 치자, 소위 외국제품—오늘날의 나처럼 미제 찬양을 한다면 욕을 바가지로 먹을 것이다. 더더구나 소위 글쟁이가 말이다.

욕먹어 죽더라도 미제 찬양 병적으로 하는 나. 이것은 진정 그 깊이와 내용을 안다면 어쩔 수 없는 현실. 각설하고~ 재활용으로 만든 목토시 하나를 아들에게 주려고 설명했다.

"이게 말이야…… 어찌나 질감이 좋은지, 수상해서 보니까 '아베크롬비'였어."

내가 아무렴 아무거나 가지고 재활용할 사람인가? 미제 아니면 재활용 안 해…… 이런 뜻.

목토시를 흔들며 "이게 바로 '아베크롬비'야~" 했다.

그러자 아들이 반격? 한마디 던진다.

"백인 우월주의~!!!"

뭐시라? 나더러 하는 말인가 싶어 눈이 똥그래져서 "잇츠 미?" 내 가슴을 콕 찍었다. 미국제품 찬양한다고 백인 우월주의가 되다니~?

다름이 아니라……. '아베크롬비'라는 저 유명한 미국 상품. 우리나라 삼성, 엘지가의 신조나 기업정신이 있듯이, 재벌마다 특징이 있듯이, 아베크롬비는 백인 우월주의의 대표적 기업이라는 것.

그들은 백화점 재고를 처리하거나 불우 이웃을 돕거나 할 때도 절대 백인 아니면 입지 못하도록 처리하고, 제품의 기본 성향이 절대 백인용 의류로써 큰 옷이 없다는 것. 종업원 모두 백인, 모델 기용 완전 백인.

옷은 모두 슬림하고, 빅사이즈가 없다는 것인데……. 백인들이 뚱보가 많구만 뭔소리? 천만에, 절대로 백인 상류사회에 뚱보를 넣지 않아. 그래서 옷이 죄다 작고 슬림하고 스타일도 백인을 위한 것 등등, 미국에선 불매운동 장난 아니지.

특히 거기에 한국 사람들도 다글다글~ 그런데 아베크롬비 좋아하는 한국인들, 옷을 사면 짧은 다리에 맞지도 않은걸 몽땅 잘라 입을지라도 사지. 그래놓고 불매운동 현장에 열심이라는.

목토시 한 개 선물하려다 긴 강연을……. 이참에 말하지만, 국경을 넘어 인종을 넘어 '백인 우월주의' 용서 못 하지. 설사 좋은 물건을 인정하는 내 미제 찬양은 차치하고.

하다못해 그 유명했던 영화배우, 찰턴 헤스턴.

노년에 백인 우월 사상이 엿보여 팬심이 바뀌어 버릴 정도인걸. 이상도 하지. 노년의 모습에 인생의 철학이 담기는 것. 단지 늙어서라기보다, 그의 생각이 담겨 있음은 놀랍고 무서운 일이다. 잘 늙고 싶다. 인샬라~

인터스텔라

연일 강추위로 세상이 시끄럽던 어느 날이다. 모두 꼼짝없이 실내에 갇혀 있고, 아이들이 독감에 걸려 왕래도 없는 터. 시장을 자주 보는 놈들은 걱정이 없는데 아들 집이 조금 걱정이 되었다.

때마침 아들이 패톡(패밀리톡엔 7명이 단체톡)에 나왔다. 여전히 유머로 시작.

'뭣들 하쇼. 감자 당근 있는 사람?'

이러자 모두 나왔다. 무우가 있다는 밍이, 감자 있다는 엄마, 양파 주겠다는 일영이. 그러자 아들 이렇게 웃긴다.

'우리집은 식량 위기 인터스텔라급' 푸하하하…….

「인터스텔라」는 SF영화로 우주 공간에 떠도는 인공위성 우주선의 위기. 그 안에 무엇이 있겠는가? 그러더니 한술 더 뜬다. 반전이지 뭔가!

'아침에도 먹을 게 없어서 고등어 조림 먹음'

먹을 게 없는 게 고등어 조림이냐? 누구 약 올리냐?

곤충 음악

CBS 강석우. 아침 9~11시. 즐겨 듣는 클래식 음악프로.

듣고 있자니 다음 곡을 준비하는 강석우 씨의 멘트가 나온다. 어떤 청취자가 곤충에 관한 음악이 듣고 싶다는 것.

당황한 강석우 씨(설정이라 쳐도!) 궁리를 하는데. 나도 궁리가 난무했다. 손자 선우가 팍 떠오르고—곤충 박사가 되겠다고 뱀도 만지려 드는 선우 생각.

곤충 음악이 뭐가 있을까? 나비부인? 고작 나비가 떠올라? 결국, 슈베르트의 '꿀벌'—있단다, 그런 음악이. 꿀벌을 들려 주자마자 아침 식사 중이던 내 입안에서 밥알이 튀어나올 지경.

글쎄 음악이 시작되자마자 부지런한 꿀벌들의 날갯짓이 삐리삐리 삐리 피리릭 피리릭~ 가느다란 현악기의 연주. 한자리에서 현을 비벼 대는 신경질적인 소음.

다 듣고 난 강석우 왈,
"꿀벌의 부지런한 음악, 덥네요~"

연일 30도를 오르고 갱신하는 이상기온, 여름, 덥고 더운 아침이다. 나도 웃다가 땀이 팍 솟았다는 거……. 아아 벌들의 극성. 그걸로 음악을 만들다니. 또 곤충 음악을 듣고 싶다니. 암튼 인간, 그 다양성. 덥다 더워.

300원

매니저가 소원이를 싣고 촬영장 가는 길에 차 속에서 이모와 이야기를 했답니다. 매니저와 이야기 나눌 시간은 운행 중이 가장 많으니. 이번 출연작의 개런티에 관한 이야기가 나온 모양.

매니저: 이번 드라마는 300원이고요. 중국 제작사와는 700원으로…… 어쩌구저쩌구…… 논의 중입니다.

아이(소원이)가 있으니 농담 겸 암호(?) 겸 어른들끼리 나누는 돈 이야기.

그게 소원이라서 가능하지. 요즘 초등학교 4학년은 우리 옛 고교생과 맞먹습니다. 화장하는 애들이 바로 초딩이들이고, 특히 4학년부터 시작~! 어른 뺨 치죠.

나중에서야 알고 보니 소원이는 종일 혼자 충격을 먹었던 것입니다. 저녁때가 다 되어 나(모모)를 만났습니다. 종일 못 본 소원이를 보자 나는 반가운데 소원이는 왠지 기력이 없어 보입니다.

"소원아 왜 기운이 없나……? 힘들었어……?" 물어봤습니다.

그랬더니 소원이는 이제야, 모모를 보니까 내 말 좀 들어 보라는 듯,

"글쎄 모모~!" 바싹 내게 구원을 요청하듯 말하네요.

"나 이번에 드라마…… 이렇게 힘들게 찍는데 300원 주면, 내가 차라리 엄마 설거지해 주고 500원을 받지……."

오마이 갓~ 한방에 사태를 짐작하는 나. 거의 울상이 된 소원이, 곧 우왕 하고 울 것 같음. 그런데 곁에 있는 이모 웃음 터져 버리고, 나도 그만 하도 귀여워 웃음이 터지고 말았죠.

"아…… 그래서 힘이 없었어?" 재차 물었고,

"아니이~ 내가 정말 이렇게 힘든데 300원이야? 엄마 설거지하고 싶어. 정말 너무해……."

나도 그만 울고 말 심정. 어찌나 착한 놈인지. 그래서 짠하고. 즈 엄마를 지극히도 사랑하는 효녀. 엄마 설거지를 평생 해도 행복할 놈이라……. 근데 사실은 유독 어려서 설거지는커녕 숟가락 하나 제대로 못 닦을……. 늦깎이죠.

이놈은 아마 산타클로스를 대학생이 되어도 믿지 않을까 싶고. 몸이나 정신이나 발육이 늦은 순진무구한, 어린이올시다, 유독. 출연료 300원이 소원이를 울린 날입니다.

선우

소원이의 동생. 나의 외손자 선우. 연구대상. 드디어 5학년, 초등학교 고학년이 되지 않았는가. 떨어져 있으니 날마다 터지는 웃음, 개그, 다 알 바 없어 아쉽다만.

나는 내 아들과 손자가 아바타처럼 오버랩 되곤 한다. 거기다 내 남동생까지 겹칠 때도 있다. 즉 나의 3대를 거친 자손의 유전자라고나 할까.

우선 나 자랄 적의 3살 아래 남동생. 지금은 캐나다에 살고 있는데 이 동생은 영어를 워낙 잘해서, 결국 세계 각국에 가장 살고 싶은 나라를 택할 수 있었다. 언어가 되니까 그만큼 자유로웠다. 고교 시절에 영어 웅변대회(60년대 말) 상을 휩쓸었고, 영어뿐 아니라 모르는 것이 없는 천재 철학자였다.

그리고 내 아들. 불굴의 사나이. 지구상에 자기만큼 재수 없는 확률에 대해서 냉소적인 나의 아들. 내 인생의 숙제. 죽을 때까지……. 어릴 적부터 심하게 아픈 결과 일찍이 장애를 겪고 있는 아들. 열 살

이전에 전국의 명산을 올랐다면 믿기 어려울 것이다. 무리한 스파르타식 교육의 결과임을 뒤늦게 깨우쳤으나 이미 운명의 화살은 어린 아들에게 바울의 가시로 박힌 것이다. 열 살부터 남다른 삶이 시작되었다.

그러나 누워서도 세계정세를 간파하고 모르는 게 없으며 심지어 전기·수도·보일러·컴퓨터·카메라, 무엇이든 고장 나면 전문가다. 비록 몸이 자유롭지 못해 지시만 할지라도.

만능 수리공(매니=만화 주인공), 세상 모든 것이 전자기기로 작동되는 시대에 스티브 잡스 같은 아들.

그리고 이제 손자 선우 차례다. 자라는 내내 엉뚱하고 모자라고 (이건 위의 남자들과 쫌 다른 듯?), 아이들이 다 그렇듯이 가끔 엉뚱한 말을 해서 웃음 터지게 하는데, 이놈은 정말 연구대상이다.

완전히 바보 같으니 말이다. 초등 내내 산수(수학) 때문에 골머리. 눈물을 뚝뚝 떨구며 이건 문제가 잘못되었다는 것인데……. 실제로 초등학교 문제집을 보노라면 이건 수학 문제를 풀라는 것이 아니고 사람 머리에서 쥐 나도록 골탕 먹이는 배배 꼬이고 꼬인, 수학이라기보다 인간의 머리를 망가트리는 작업처럼 느껴질 때가 있다.

오죽하면 내가 몇 번을 베껴 놓고 사진 찍어 놓고 교육부에 항의하거나, 이 문제들의 출처, 진상에 대해서 수사하고 싶었다니까.

그건 그렇다 쳐도 워낙 기본적인 더하기 빼기, 단순한 덧셈 뺄셈도 잘 못 한다. 아무리 일러도 5,000원과 500원이 무언지 모를 지경. 미치고 싶어라.

한번은 소원이의 제주 생활이 다큐처럼 찍혔는데, 거기 플리마켓에서 아이들이 손수 만든 반지, 목걸이 등을 팔고 있는 선우가 나왔다. 소위 장사를 자알! 하는 모습이었고, 나중에 시청자 지인들로부터 '선우는 장사도 잘하더라'라는 인사를 많이 받았다.

그때 나는 살 떨리던 스릴이 있었다. 선우 손에 돈이 제법 들려 있고 이제 그것이 얼마인지 확인하게 되면……? 큰일 나는 것이다.

사실은 선우! 돈 셀 줄도 모르니까 말이다. 크크크…… 천만 다행히 돈을 세야 하는 장면은 나오지 않았다. 그런데 장사를 잘한다니, 진짜 얼마나 약장사처럼 떠들어 대며 자기 물건을 잘도 설명하는지.

웃어야 할지 울어야 할지. 선우 홍보지 말고 결론으로 가자. 조립 대회 등등 요상한 것을 휩쓰는 선우. 은근 서로 닮음을 아는 삼촌의 한마디.

"누나, 선우는 말이야……. 수학은 빵점이면서 3D, 4D로 우주선을 조립하는 이상한 천재가 될거야."

푸하하하! 맞고요.

돈 셈을 너무 몰라, 마침 이 시골마을에 CU 매장이 들어서자, 선우는 월요일에 '돈 쓰기 체험학습' 중이다.

5,000원 들고 가서 사용하고, 군것질도 하고, 다음주에 이월도 하

고. 증액도 하는…… 신나는 경제활동. 그런데 확인도 안 할 바쁜 엄
마. 두 모자는 엉망진창이 아닐까 싶다. 암튼 묘한 가족 문화. 누가
이해하겠냐고. 이 편견의 세상에.

이제 돈 맛을 알려나.

그냥 웃자.

tommy lee 作 카툰 - 삼촌이 그린 선우

주의가 산만하다고들 하지만
사실은 어딘가로 늘 유체이탈해 있는 **선우**

팽이 팽이 팽이 팽이

조카 (갈선우 · 5학년)

흘리고 다니는 것들

갈선우!

어디가냐?

삼촌, 안녕하셨어요

학교 끝나고 집에 가는
길이에요.

꾸벅

니네집은 반대쪽!
이놈이 정신 못차리지?
앙?

마음여린 **선우**를 강하게 키워야
한다는 삼촌의 마음.
...뿐 아니라 이놈을 보면 괜히 장난기가
발동한다.

열!차!
열!차!
느려!

넌 나의
펭이
ㅋㅋ
아이갸뉴

척!   척!

145

정신 빤짝 차리고
이제 집에 가봐.
\ | /

안녕히 계세요
삼촌...

그로부터 며칠 뒤...

삼촌 그럼 안녕히 계세요

화요일마다

동네 교회에서

아이들에게

붕어빵을 나눠준다.

지 누나 몫까지 두마리를

받아 , 잊지않고

삼촌집에 들러

한마리를 주고 간다.

짜식....

사지 마

제주도 집이 완공되었다.

간단히 필요한 것들을 택배로 몇 개 부치고 내려간 제주도. 살림 다 버리고, 남 주고(마침 새로 이사 가는 친구가 타이밍이 맞아 온 살림을 트럭에 싣고 갔다.) 냉장고, 텔레비전, 컴퓨터는 물론 드럼세탁기에서 주방 압력솥, 그릇, 심지어 커텐(커튼)까지 완결판.

남의 집 살이. 제주도 한 달 살기나 전세 살기나 웬만하면 모든 것이 갖추어져 있는 시스템! 고로 이중 삼중 세간살이를 쌓아 놓을 곳이 없음…….

그렇게 다 버리고, 줄이고 줄여서 월세, 전세, 몸만 살다가 2년 만에 내 집을 완공했으니. 보나 마나 이놈들, 특히 큰 놈(딸내미) 집 치장할 것이 보이는 듯하다.
집 짓는 동안에도 서울을 몇 차례 왔던가. 동대문 조명 매장, 심지어 이케아(제주에서 만족할 수 없는 실내장식), 그러나 천만의 말씀.

제주도 가구매장이나 기타 인테리어 관련 사업체는 환경도 좋고, 매장의 크기, 도시적 면모, 억 소리 난다. 이곳이 한국인가? 싶다.

전공이 실내장식과에, 모델하우스 디피 회사를 운영했던 딸의 집이니(2층을 지어서 언니, 동생 집) 돈이 있건 없건(내가 아무리 부정해도 역시 자식 세대는 우리와 다르다. 내 자식은 안 그런다……가 아니더라.) 날마다 택배 상자, 차에 싣고 오는 물건들.

내가 잠시 일주일쯤 머물다 보면 이해 난감하여 잔소리하다 지쳤다.

집 개장(?) 즈음에 가족 모두(제주도 정착한 나의 자식들, 삼남매)가 보는 패밀리톡에 못을 박듯이 단단히 일렀다.

사실 딸(들)을 겨냥한 것이다. 미국에서 살다 온 아들은 거의 무소유 종결자, 잔소리 필요 없음.

'가난스런 멋으로 승부하기 바란다. 요즘 부티 난다는 모든 것이 개성 없고 유치함. 공간을 최대한 쓰도록 가구니 뭐니 완전 소박하게, **없이 살기를 실천하기.** 암것도 사지 마, 들이지 마!'

누누이 잔소리가 되었다. 사실 간섭하는 거 딱 질색이다. 그래서 매우 강력한 사건이었고, **자발적 가난을 요약했던 것.**

패톡에 아들이 등장,

'다이소에서 압정 두 개 샀어……. 어떡하지?'

양심에 찔리는지……. 딸은 조용하고. 그날은 제주도식 돌창고를 개조해서 공방을 만들어 드디어 작업실도 개장하는 날. 공방 마루 상태를 내가 아는지라, 가장 적절한 잔소리를 또 했습니다.

분명 실내용 슬리퍼를 또 무더기로 사겠지? 온통 집에 돌아다니는 게 슬리퍼인데……. 새 기분이 필요하겠지. 부모란 삼만리 떨어져 있어도 볼 것은 다 보이죠. 가장 설득력 있게 또 패톡을 날립니다.

'실내화 한 짝도 사지 말고 제발 걸리적거리는 거 없이 깔끔하게 살자구~!' 했습니다.

이 부분 설명이 좀 필요하지만 생략해야죠. 암튼 저는 한국인의 무한 욕구가 지겹고, 텅 빈 곳에 살고 싶은 이상한 집착이……

어떤 노인들 온갖 쓰레기 모아 놓고 공공의 적이 되어 동네를 망쳐 놓고도 나 몰라라 살기도 하잖아요. 노인이라도 용서할 게 따로 있지, 방송 보자면 그들에게 꼼짝 못 하는 그 불합리라니.

저도 매일 궁리죠. 무얼 줄이고 더 없애고 가볍게 살까……? 깔끔한 인생을 살고 싶다. 마음뿐인 게으름이 문제입니다.

이날, 또 배가 꼬꾸라지게 웃었습니다. 실내화 한 짝도 사지 말라……는 패톡을 보낸 즉시, 또 아들의 응답이 왔지요. 이번엔 말없이 사진 한 장이 떡~! 올라왔습니다.

예쁜 실내화 두 켤레를 나란히 놓고 찍은…… 못 말려라~ 누이들의 행적을 고발한 사진에 불과하죠.

사진 뒤에 나타난 딸 씨 왈,

'엄마! 이거 내가 만든 거야~' 헉? 오마이 갓.

사진을 확대해 놓고 멋진 실내화의 디자인, 재단 방식을 연구하며 감탄.

(이런 애들을……뭐 그렇게 잔소리하냐)

반성하기로 마음의 변덕을 또 부렸습니다. 암튼 적시안타로 웃기는 아들의 재간 때문에. 나 죽더라도 너희 셋은 영원토록 서로 잘하고, 우애 깊게 잘 살거라—해 봤자, 아들이 산통 깨죠.

'뭘 잘해. **각자 잘 살면 되징!**'—이 냉정한 말씨가 힘이 되는 진리. 하하하!

압박 붕대

몸이 여기저기 쑤실 때가 있다. 암, 있고 말고~ 흑흑.

 무릎, 팔꿈치, 발목(젊었을 적 등산 갔다가 추락한 흔적. 복숭아뼈 골절 후유증), 심지어 팔목이 아프면 밥솥이 너무 무겁다. 그렇다고 문화인답게 병원으로 쪼르르 가길 하나? 죽어도 병원이 싫은 원시인 이다.

 아파도 방치하다가 좀 겁이 났다. 이대로 두면 어찌 될 것인가? 이 것저것 요법을 궁리하다가 압박 붕대 발견. 이것을 돌돌 말아서 조 이고 잠을 청했다.
 (결과를 말하자면 우연인지 모르나, 그 밤 이후 무릎이 안 아프다!)

 가만 생각하니 이 붕대 효과가 나로서는 장난이 아니었다. 검증 완 료 끝에 아들에게 도움말을 줬다.
 (이놈은 평생 관절이 아픈 류머티즘이라.)

'아들아, 아플 때는 압박 붕대를 감아 봐. 내가 발목, 무릎, 팔목, 다~ 해 봤는데 다음날 거의 통증이 사라졌어.'라고 전해 주었다.

아들에게서 바로 답이 왔다.

'목이 아프면 압박 붕대로 단단히 감아야지.'

카톡 들여다보다가 또 실성한다.

기둥에 묶어 놔

제주도 집이 산전수전 겪으며 완성……. 그러나 미완성……. 완성……. 또 미완성. 말도 마시라. 정작 완성하고 나니 이제부터 손볼 곳이 산더미다.

준공검사 끝나고부터 시작하는 일이 또 있는 것. 데크를 깐다. 계단을 붙인다. 잔디 정원, 흙, 돌담……. 드디어 데크를 두르니 모양새가 나고, 들어가는 돈, 돈, 돈.

운동장 같은 데크에서 딸이 움직이는 사진이 뜬다. 이 구석 저 구석, 막내딸은 나 보여 주려고 찍사를 하고. 나는 서울에서 보고 아들은 제주에서, 딸들의 바로 옆집에 살고 있다.

아들 톡이 또 떴다.

'보아하니 여긴 뭘 놓고, 저긴 뭘 놓고, 누나 돈 들어갈 곳이 많구만? 계단 기둥에 누나 좀 묶어 놔~(돈 못 쓰게)'

암튼 정곡을 찌른다니까요.

'누나가 메뉴판 오른쪽 보는 거 봤어? 왼쪽에서 먹고 싶은 거 시켜~! 비싼 거로…….'

진짜로 딸 씨는…… 그렇습니다. 맞고요~! 그건 천성 문제이지 결코 부자가 아닌데, 마음이 넉넉하니까 그게 부자인 거죠.

주식 투자

　오늘은 아들에게 많은 무안을 당했다. 가만히 앉아서 누군가에게 주식 소개받고 사 놓은 지가 대략 8, 9년. 십 년……?

　요새 목돈이 없어 기가 죽어 그거 팔려고…… 혼자 팔 수가 없는 종목이다. 프랑스 주식이라 구글에 들어가야 함.

　아들의 핀잔.

　'우리나라 경제도 캐치가 어려운데 뭔 프랑스까지 투자를. 꼭대기에서 샀구만. 세계 금융 위기가 있던 해, 미국서 서브프라임 터지고 2007년에 엄청난 거품을 샀어.

　2008년에 폭락하니 이게 바닥이니 또 사고.

　2009년에 바닥 뚫고 더 떨어지고, 에효~

　2010년에 폭락해서 물타기로 100주 더 산 거고,

　2007년에 주당 95유로가 최고가. 이런 이런,

　2007년이 제일 비쌀 땐데…… 2009년에 4분의 1로 폭락하고……. 주당 십만오천 원……? 팔지 마. 불로소득은 없어 옴마. 잘 아는 주식을 사도 온종일 붙어서 감시해야 하는데.

돈을 길거리에 버려 두고는 나중에 가 보면 이자가 붙어 있을 거라는 착각과 비슷해. 팔지 말고 내년 월드컵까지 그냥 두슈. 프랑스가 우승이라도 하면 팔든가. 주식 아무것도 모르고 사 두는 사람들이 얼마나 바보 같은지……'

내가 폭삭 망했음을 알았습니다. 아들이 그림을 보냅니다. 나를 빨랫줄에 널어 놓고—만화 그림—내가 빨랫줄에 걸쳐있고.

제목은,
'누가 옴마 좀 말려 줘'

수영이 일상이다

제주도 이주 가족. 일부는 가고 나는 아직 남아 있고. 큰사위도 회사 다니느라 혼자 남아 있고. 나는 이참에 신중히 거처를 결정하고파.

가족이 서울과 제주에 떨어져 있으니 이 좁은 국토에서도 재밌는 딴 세상을 봅니다. 시월 초하루 서울의 나는 대낮에 최초로 난방을 했는데, 제주도 팀은 바다에서 수영을 즐기더니.

그 밤에 나는 이불을 뒤집어쓰고 잤는데, 제주도에선 때늦은 열대야로 철수했던 선풍기 돌리며 잤다는 둥.

시시때때로 쌍방은 서로 상상하기 어려운 딴 세상이죠. 덕분에 수영 좋아하는 놈들, 계산이 나오기를……. 10월까지 수영을 한다면 일 년 중 6개월이 수영 가능하다! 신났습니다. 게다가 자랑질은 어떻게 하냐 하면…….

"우리는 이게 일상이야~!"

하하하, 뭍에 살면 일 년 중 휴가계획 세워 고작 사나흘 즐기는 것을 날마다 그냥. 일상이라니……. 우리나라에 그런 곳이 있답니다.

매니 같은 남자

어린이 만화영화에 「만능 수리공 매니」가 있다. 거기 나오는 매니는 제목 그대로 만능 수리공이다.

매니는 항상 공구박스를 들고 이곳저곳 부지런히 다니며 고쳐 주는데 만화영화지만 배울 것이 많아서 만화를 저런 식으로 만들면 좋겠다는 생각이 간절하다.

우리나라는 학교 교육에도, 가정 교육에도, 전혀 없는 실생활 교육. 부재. 하긴 여자라고 다르지 않다. 옛날에는 가사 시간이라도 있었지만, 오늘날 여성 교육 역시 부재하다. 오직 영어 수학 달달이뿐. 어쩌자고 교육 개혁은 이다지도 늦어지고 더딘지.

내 현실에도 과연 그런 남성이 있을까? 싶을 정도로 생활적인 남성이 아쉽다. 주변에 한마디로 이상형이—사실은 보통 남자—없어서 목이 마를 지경, 하하하.

오죽하면 나의 바램은 거창하지도 않고—사과 궤짝 뜯어서 병아리 집을 지어 주는 남자—이 정도다.

앗, 선우가 나를 부른다.

"모모~! 빨랑 와, 모모가 좋아하는 매니야-! 매니 나왔다구~!!"

만화영화 「만능 수리공 매니」를 방영하나 보다. 내가 선우랑 즐겁게 함께 보는 만화영화. 현실에 필요한 맥가이버가 없으니 어린 손주랑 목마름을 만화로 달래고 있다.

이놈 잘 키워서 덕 보기엔……너무 늦지? 좌우간 자식들 잘 키워야지. 우리네 양반 문화의 대물림 결과. 선비니 뭐니 해서 한국 남자들의 생활 능력 빵점. 오죽하면 공자가 죽어야 나라가 산다, 까지 왔던가.

이제 그 쓸모없는 선비문화의 끝자락은 나의 세대쯤에서 이제 막 문지방을 넘어간다. 가부장적 권력만 쥐고 살던 남정네들 말이다.

만능공 매니가 왜 공자까지 흘러가야 하는지. 생활인이 대접받는 건강한 사회. 노동의 가치가 존귀한 사회. 나의 바람. 여기까지만 하자.

목수 같은 남자. 기다리다 죽을 때가 되었다. 흐흐

이제 선우는 제주도에 산다

사진 한 장 들여다보기. 하하하 자동으로 웃음 나오지. 제주도에는 오만 가지 예술인이 모여 산다. 집성촌 같다. 그래서 외롭지 않을 것이다.

벼룩시장 등등이 아마 선진국에서 배워 들어왔던가? 제주도가 먼저인가? 제주도의 지역마다 생활화되어 있다. 이주 초기이건만 예능 보유자들 같은 우리 가족은 장돌뱅이처럼 벼룩시장에 참여하고 온 가족의 소풍처럼 즐기며 내게 사진이 날아온다(난 아직 서울이다).

선우가 작은 탁자를 놓고 중절모를 쓰시고—제주도의 태양 빛—탁자 위에 '곤충 그림. 한 장에 1,000원' 하고 써 붙여 놨으니……. 즈 엄마 손길이 보여 웃긴다.

놀랍게도 선우 앞에는 줄서기 하는 아이들, 어른들. 선우는 열심히 곤충을 주문받는 대로 그리고 있다. 함께 줄 서 있는 어른들이 귀엽고 고마웠다. 감동이다.

작은 사슴벌레에서 커다란 공룡 티라노사우루스에 이르기까지. 놈의 특징은 대담하게 한 번에 슉~ 슉~ 선이 크고 시원시원, 자신만만.

화면을 가득 채우는 자신감이 특징이다. 망설임 없는 대단한 손놀림.

사람들이 둘러서서 구경하면서 칭찬하고 격려하고, 아이들 손에 어른들이 끌려 오기도 하고……. 어른들의 협조가 감동이다. 선우의 오른손에 구겨 쥐고 있는 1,000원짜리 지폐. 이게 압권이다. 무슨 꾼 같다. 하하하.

이놈은 완전 왼손잡이. 제주의 여름 바다에 풀어 놓으면 매번 미친 놈이 돼 버리는 선우. 오쏠레미오~ 이렇게 아이들은 제주도에 정착했다.

애월에 있는 금산공원에 오르면 납읍초등학교 어린이들의 글짓기가 전시회처럼 산책로를 따라 걸려 있다. 거기 갈선우의 시 한 편이 내 발걸음을 멈추게 한다.

홍콩의 침대

우리 가족이 공항에서 붐비는 횟수는 거의 항공사 직원 수준 아닐까? 유감스럽게도 전 국민 여행 시대처럼 우리나라는 해외여행도 유행을 따르듯 요란한 시절.

우리 가족은 제주도로 이주한 뒤로는 여행의 목마름이 사라졌다. 행사에 초대되어 괌에 가고 가족 방문으로 싱가포르, 말레이시아 등을 갔지만 예전 같지 않았다. 모두 시시했다. 제주도만 못했다. 그건 참 희한한 일이다. 그러니까 어떤 작용에는 반드시 역반응이 있는 법.

어제 오전에 누가 떠나고, 오후에 누가 오고, 내일 누가 나가고, 또 다음날 누가 오고. 아예 항공 예매 스케줄 달력이 따로 있을 지경. 제주-서울 운명이 되었다. 여행이 아닌 생업이다아~!

게다가 이번에는 사위가 홍콩으로 출장을 당일치기라 하여, 하룻밤 묵고 오는 스케줄. 한편은 제주도로 떠나고 이어서 사위도 다음 날 홍콩을 갔으나 누구 하나 관심도 없다, 흑흑.

오후가 되어 사위로부터 사진이 왔는데 개츠비 거실과 같은 럭셔

리 호텔 룸이다. 킹사이즈 침대를 보며 내가 농담했다.

'마눌 생각나겠구나······. 힘내^^'—이걸 본 아들,

'침대가 보이는 거랑, 마눌 생각······에 의문이 생겨서 ㅋㅋ' 너스레하고 들어간다.

늘 외로울 우리 큰사위. 너만 외롭냐? 나도 외롭다(우리 둘만 각자 서울에 남았거든).

생일 파티

아들이 등장했다. 이제 40대 중반을 넘어가지만 늘 10대 같은 젊음. 개구쟁이.

공지: 1월 6일 밍이 생일. 투표하러 가기

1. 뷔페식당
2. 바베큐
3. 외식
4. 집밥
5. 쌩까기
→ 투표하러 가기

아무도 반응이 없는 한 식경이 지나고. 주인공 밍이가 나타나서 한 마디 올려 놓은 게 더 웃긴다. '다들 쌩 까는데? 흥'

나중에 보니 오후 4시쯤 되어 인증 사진 올라오기 시작. 뷔페식당에 모인 가족사진들. 투표도 필요 없이 저희끼리 이미 뭉친 거지, 흥.

일본 명품

친구가 일본에 간다기에 옷 한 장 부탁해 볼까……? 초경량 여름 원피스. 단일품종 직구 가능하니까. 그런데 브랜드 이름이 가물가물. 친구는 카톡으로 알리라며 헤어졌다.

집에 돌아와 한가한 시간, 패톡에 광고했다.

'일제 브랜드 M+M……. 뭐시라 뭐시라 미, 미, 미셰미 미쟈미…… 요런 거 뭐지?'

아들: 아 그거……? 누나가 '이 새끼 미친 새끼'로 외우라 한건데……?

그때 나온 딸의 정답, 이세이미야케~! 나도 외우기 방법을 동원해 본다. 이 새끼 미약해! 이 새끼는 미약해~!

두어 시간 지나면……. 뭐지? 뭐였지? 이 새끼 미친 새끼가 뭐였지……? 이셰이 미셰이? 뭐시뭐시라? 노령사회에서는 브랜드명도 쉽게~! 알았지? 성공 비법이얌.

멋진 영문

걱정(worries)

- a woman worries about the future until she gets a husband.

(여자는 미래에 대해 걱정을 한다. 남편을 얻을 때까진.)

- a man never worries about the future until he gets a wife.

(남자는 미래에 대한 걱정을 전혀 하지 않는다. 부인을 얻을 때까지는.)

<u>흐흐흐.</u> 멋진 술어라고 생각했는데—그때는 젊은 날이었다. 나이를 먹어 봐라, 이 등식도 바뀌는 날이 있을지니…….

쇼핑 산수(shopping math)

- a man will pay $2 for a $1 item he needs.

(남자는 필요한 1불짜리 물건을 2불에 산다.)

- a woman will pay $1 for a $1 for a $2 item that she does.

(여자는 필요 없는 2불짜리 물건을 1불에 산다.)

SNS

　　요즘은 스마트폰 하나로 멀고 가까운 세상 소식을 다 접할 수 있다. 나도 가끔은 밀린 숙제하듯이 멀고 가까운 인연들의 삶을 구경하게 된다.

　　멀고도 가까운 친척, 젊은이들의 소식을 들여다 보다가 일영이(내 딸)의 흔적을 발견.

　　워낙 바쁜 딸이어야 말이지. 제주도 이주하고부터는 더 바빠져서 이 다음 국회의원 출마할지도 모를 지경. 지역사회에서 바쁘다. 그 바쁜 놈이 다녀간 흔적을 보게 되었다.

　　친인척 중에 한 세대라 할 수 있는 선녀(가명)가 올린 내용은, 자기 생일날인지 결혼기념일인지에 외식하고, 어쩌고저쩌고…… 하다가 신랑에게 선물 받은 '명품백' 사진도 올리고 거기다 가격이 찍힌 '영수증'까지 확대해서 올려 놓은 것. 말로만 듣던 몇백만 원이 진짜로 찍혀 있었다.

　　몇 개의 댓글이 아래로 달려 있고. 내친김에 쭉 내려가 보니 눈에

익은 우리 딸이 보인다. '선녀야. 이런 거 올리면 좋은 사람? 나쁜 사람?' 이렇게 쓰고 사라졌다.

딱~! 일영이다운 행동이다. 웃음이 나왔다. 뭐라 뭐라 충고라거나 계몽성이라거나 비꼬거나 부럽다거나~ 등등이 아니고, 덕성이 보이는 저 댓글─알아듣냐?

난 이런 큰딸 씨를 존경한다. 따사로운 오지랖, 넉넉한 이해력, 만사가 편안하신 인성.

태어나서 자라는 동안 지금까지 내 주변의 모든 친구는 내 딸을 자기 딸 삼고 싶어 했다. 내가 자랑을 하거나 특별히 설명해 본 적도 없다. 참 잘 타고난 사람이다.

그러더니 하늘이 큰 선물로 소원이를 주시지 않았나…… 늘 생각한다. 이놈은 설사 영부인이 되어도 사치에는 관심없다. 좋은 물건이면 몰라도─사실은 세계적 명품 백과사전 같은 박사. 작은 여성용품따위 말고, 별별 오디오 스피커, 심지어 건축자재의 창호에 이르기까지 독일제냐 캐나다산이냐 박사다 박사.

직업의식으로 박사에 가깝지만 이것은 완전 별도의 문제지.

자기는 기꺼이 버려진 판자 주워서 사포로 문질러, 칠해, 디자인해, 투명왁스 마감해…… 아트박스다. 딸 씨 자체가.

인간만은 완전 명품(용서하세요~ 철없는 자랑, 이 옴마를─)!

아빠는 힘들고 싶어

소원이가 서울에 오면 모모랑 자냐, 아빠랑 자냐, 모모 집에서 잘까, 아빠 집에서 잘까? 하하하.

아빠는 아빠니까 좋고, 자야 하고.

모모는 할미니까 좋고, 자야 한다.

소원이 아빠의 외로움을 알기에 나는 슬그머니 권하게 된다. 아빠 집으로 가거라.

그런데 애매할 때도 있다. 너무 밤늦게 일이 끝나거나, 또 내일 촬영이 있거나 행사가 있는 날, 모모 집에서 자고 싶어 한다. 자유롭고 여자들끼리의 편리함.

'그럼 아빠한테 카톡을 해 봐~'

소원이가 아빠한테 카톡을 한다. 들여다 보니 예의도 있고 지혜도 있고 철이 들었다.

'아빠, 나 모모랑 잘게. 아빠는 출근도 해야 하고 나랑 자면 신경 쓰여서 힘들잖아.'

그랬더니 즈 아빠 답이 왔다.

'아빠는 힘들고 싶은데.'—우리는 빵 터졌다.

사실 애 하나 재우기가 에어컨 켜야 하나, 말아야 하나, 모기 한 마리 있냐, 없냐, 더우니 옷을 벗냐, 입냐. 모모는 자다가 열두 번 감독한다. 이런 거 소원이는 다 안다.

'더우면 에어컨 켜야 하고 또 너무 추울까 봐 꺼야 하고…….'

소원이가 열심히 아빠 설득 중. 그런데 아빠 답을 보는 순간, 우린 또 빵! 터졌다.

'더우면 네가 켜고 차가우면 네가 일어나 끄면 되지!'

푸하하하……. 참 속 편하고 단순하군. 사실은 나보다 더 노심초사하는 약한 아빠이지만 회사 일 힘들고 남자라 일단 코골이는 기본.

곯아떨어져 아빠가 먼저 잠들면 소원이는 무지무지 외롭고 싫단다. 어느 날 밤에 잘 자라~ 손 흔들며 의기양양 즈 아빠 손 잡고 사라졌다, 기분 좋게.

그런데 자정 가까운 시각, 어둠 속에 소원이가 나타났다. 오마이 갓~ 소원아, 왜 왔어?

아빠가 잠들고 코골이하고, 티비를 보자니 뭐 와이파이는 안방에서 조정해야 하고, 모니터는 딴 방. 이것도 저것도 할 수 없는 아빠 집의 시스템(아빠는 글로벌 회사 업무로 주로 호주나 인도, 홍콩 등 각국 시차에 맞춰 화상 채팅 회의부터 모든 업무를 시도 때도 없이 해야 해서 집안 시스템이 일반적이지 않다). 에구 불쌍해라. 홀로 댕그

라니 잠은 안 오고 모모 생각만 나고…… 해서 탈출한 것.

그래도 아빠를 깨워 아파트 광장을 가로질러 우리 집 현관까지 데려다 주면서, '너무한다 너…….' 아빠가 이러더라는 것.

그날 밤, 소원이는 유독 명랑하고 기분이 들떠서 밤 한 시가 넘도록 아이돌 음악 켜 놓고, 헤드뱅잉부터 온몸 뒤틀기, 뛰기, 춤추기, 정신없이 팔짝거리다가…….
이제 자자 하고 눕는 순간, 마치 7번방에서 그러했듯이, 밤하늘을 쳐다보며,
"모모. 난 지금, 오늘 밤 엄청 행복해. 아 정말 좋아~"
꿈꾸듯이 말하고 있었다.

이놈은 진짜 귀여운 놈이다. 극장이나 티비 화면에 절대로 나올 수 없는 귀여움. 차마, 아무도 모른다. 얼마나 귀엽고 착하고 명랑하고 웃기는지.
그런가 하면, 대체로 말이 없고 조용하고. 속 깊기로는 할마씨 같고, 명랑하기가 천진무구하다.

이를테면 하느님께서 마치 내가 바라는 이상형을 주문생산 해 주신 듯하다. 옛다, 이런 놈이면 됐냐? 하고 말이다.
(넌 하느님이 손수 맞춤해서 내게 주신 핸드메이드다, 하하하.)

173

열 살 선우

제주 학교생활. 이해할 수 없는 괴롭힘. 이럭저럭 힘들어진 선우
가 아빠에게 집착한다.

서울에서 직장생활하는 아빠. 비싼 항공료(주말엔 최고가)를 불사
하고 아들 때문에 오르락내리락 가슴이 아프다. 공항에서 만나고 헤
어질 때 보면 이 부자는 가관이다.

끌어안고 목에 매달려 울고…… 50을 바라보는 아빠가(사위가) 더
가관이라서 가족들은 애써 놀려 먹는다. 그걸 보는 가장 시크하고
냉정하기 짝없는 외삼촌. 타미.

패톡에 매형 놀리는 소리. 얼싸안고 헤어지지 못하는 부자의 사진
을 보며 하는 소리다.

'형 군대 가세요?'—짓궂은 처남. 배꼽 잡고 웃는 가족들.

세대 차이

참말 세대 차이 실감한다. 물이 안 나온다는 소식. 전국이 늘 개발 중인 한국. 공사 관계로 녹지대일수록 피해가 생긴다. 빽빽이 이미 들어찬 곳에서는 흔치 않은 일이겠지.

물이 안 나오다니~ 허둥지둥 물통을 찾지만 그런 게 어딨나. 아파트 삶에 물통 따위가 어딨느냐고. 변기 물 한 번 내리려면 대형 양동이로도 부족할 판에 없는 물통 따위 찾으려는 나.(옴마) 벌써 호텔 예약 끝낸 딸 씨.
"엄마, 나가자. 호텔 예약했어."

쿠하하하하~ 요즘 애들은 걸핏하면 호텔 예약이다. 너무 덥다고, 손님 온다고, 물 안 나온다고, 수영장 간다고.

지난 번엔 호텔로 떠나기 전에 물이 나왔다. 그래도 신나게 호텔로 떠났지. 핑계가 없어 못 가지.

서울에서는 김포공항 근처의 메이필드 호텔, 제주에서도 집 가까운 마이테르 호텔.

이곳들은 우연하게도 집에서 가깝다. 설사 멀어도 찾아갈 만한, 우리 취향에 맞는 호텔이다. 한국 호텔의 정석을 깬, 서울의 호텔 정석을 깬 숲속 궁전.

이 정도 호텔들은 만천하에 알리고 싶은 자랑스런 장소. 이것만은 세대 차이 없이. 말없이 통하는 가족문화. 나도 핑계만 있으면 그곳에 가고 싶다.

서울 메이필드와, 제주 마이테르. 감히 공개 자랑이다.

예방주사

나도 깜짝 놀랐다. 요즘은 어린이(여자)도 맞게 되어 있는 예방주사. '자궁경부암' 주사. 세상에 왜 아이들이 이걸 맞지? 학교에서 통보하고 병원 가서 주사 맞는단다. 오오. 깜짝이야. 나도 모르는 주사.

암튼, 자궁경부암 예방주사 맞은 날 방과 후에, 소니(소원이의 애칭) 집에 모인 친구들. 파자마 파티를 한대나 뭐라나.

빙 둘러앉았을 때 소원이가 아아아무렇지도 않게 말한다. "난 오늘 자궁경부암 예방주사 맞았어!"

으악~ 뭐시라?? 곁에 앉은 남학생, 참혹한 표정에 놀란 눈동자로…… 참을 수 없어 묻는데 이놈도 순진!

"그럼 주사를…… 거기 맞는 거야?"

소원이 하반신에 눈이 내려가며 움츠러들고,

멀뚱한 얼굴로 아무렇지도 않게 반응하는 소원이.

"야! 예방주사를…… 여기에 맞지~!"

왼손으로 오른쪽 팔을 치더란다.

서빙하러 드나들던 즈 이모, 묻는 놈이나 답하는 놈이나 그걸 화제 삼는 구제 불능의 대책 없는 소원이 때문에 또 한번 웃었단다.

조금 더 크도록 저 지경이면 참말이지 오해받기에 십상인 연구대상 소원이. 뭐…… 독감 주사나 자궁경부암 주사나 비슷하겠지?

DJ 강석우

CBS 강석우의 '아름다운 당신', 오전 9~11시.

오전에 가장 철저하게 지키는 시간. 이 시간대의 역사를 꿰뚫고 있을 지경.

그러니까 방송 전문가답게 말한다면(맞는지는 모르겠으나) 이 시간은 특히 작가가 분위기를 이끌어가는, 특별한 취향의 고정 작가일 듯. 따라서 진행자 역시 매번 한 페이지를 장식했다. 지금 강석우 씨도 오래되었고……. 지금도 그렇지만 한때의 스타가 어찌 이토록 성실한 방송 업무를 진행할 수 있는지 놀랍기만 하다.

겨울 나그네 민우는 영원한 청춘의 순간.

가끔 푹 터지는 웃음. 어떤 시청자 엽서를 읽는 강석우. 엘리베이터인지 계단인지에서 우연히 강석우 씨를 마주쳤는데…… 근엄하게 지나가셔서 인사를 차마 못 했다, 뭐 이런 내용이다.

읽고 나서 강석우 씨 말씀.

'음…… 제가 그랬군요…… 뭐, 제가 실실 웃고 다니진 않으니까요.'

이 말씀이 어찌나 웃겼는지.

또 한번은, 역시 어떤 시청자 사연.

어찌어찌…… 남편이 미워서 정말 한 달에 열두 번은 이혼을 생각한다—라는 사연을 다 읽고 강석우가 말하기를.

'그러셨어요? 다행이기도 합니다. 보통은 하루에 열두 번이라고 하던데 하하하. 그래도 아직까지 잘 사십니다…….'

웃음 빵 터짐.

새해선물 하려다가

내가 써 보니 제법 좋은 보온물통이 등장. 무엇보다 디자인의 미학이 고급져서, 포기할 수 없는 물건. 어찌어찌하다 보니 딸들은 자체 해결했고, 아들이 빠졌다.

그래서 물었다.
'아들아~ 너도 그 보온병, 사 줄게……'
아들네 새해 선물로 꼭 해 주고 싶었다.

아들의 답신.
'생사가 걸리지 않은 한, 물건 들여놓지 않음. 미니멀한 삶을 방해하지 마시오.'

'미니멀하게 살자' '버릴 수 없는 것은 취하지 말자'
선물 주려다가 각성. 나도 배움 하나. 다짐하고 물러났다.
'생사가 걸리지 않는 한……!' 흐흐.

지구촌 쓰레기 몸살을 보라.

1일 1식

채식주의까지는 아니지만, 별반 식탐이 없는 아들.

육류 - 안 되고

달걀 - 안 되고

우유 - 안 되고

생선 - 안 되고, 안 되고,

공산품(빵, 햄, 무궁무진한 먹거리들 등등) 물러가라.

그럼 뭘 먹냐? 하루 한 끼를 주장한 지 오래되었다. 그저 굶어 보고 나서 이야기하잔다. 사람들이 굶어 보지도 않고 그저 잘 먹어야 한다는 것이다.

1일 1식. 하고 있다. 자기 관리 철저한데 어찌 해 볼 수도 없고. 안타까운 것은 부모 된 심정이니 어찌하겠나.

가족: 그래도 이 등치를 보존하려면 어찌 풀만 먹고 지탱이 되겠나?

아들: 소는 그 큰 덩치에 풀만 먹고 잘 산다.

가족: 그래도 이제 중년이야…… 영양 관리도 해야지.

아들: 백 년 된 고목도 땅에 뿌리 박고 물만 먹고 살아…….

할 말 없다. 아들은 자기 관리의 종결자. 육신의 아픔 이겨 내려고. 추종을 불허하는 의지의 사나이다.

지금 제주도에 큐브 열풍을 일으킨 니의 아들. 다미. 큐브맞추기를 어떻게 이론을 접목해서 가르치냐고.

더구나 냉소적이고 시니컬한 울 아들. 말썽쟁이 애들은 질색인 사람. 응석받이 절대 못 하는 타미 리. 비록 유치원 어린이도 성숙해야만 좋은데 어린이들이란 도무지 말이 통해야 말이지. 이 경우 통솔력이 남다를 것 같은 아들. 현장을 보고 싶지만 불가하다.

그런데 큐브 배우러 온 학생은 대부분 특별하다는 평. 뭔가 성숙하고 집념이 있고 머리가 좋고—머리 좋은 학생들은 의외로 운동신경도 좋다나? 큐브 수업에 온갖 철학을 넣어—그것도 티 나지 않게—숭고한 정신으로 가르칠 아들.

힘들어도 교육적 보람이 있지만, 부가가치를 높일 수 없는 난점이 있다. 한꺼번에 5명 이상은 어렵거든.

빌게이츠가 한국에서 큐브 선생이 되었다. 소박한 보람을 기원한다. 전국에서 신청 온다. 이상하게도 큐브교실 아이들은 천재 같다. 선생이 천재라 제자들도 천재만 모이는지.

가르치는 현장을 볼 수 없지만, 위트가 넘치는 아들이 무심코 큐브를 잽싸게 요리조리 돌리면서 '아빠 차 먼저 빼고, 엄마꺼 집어넣고,

아저씨 차 비키고……' 리듬과 박자를 엿듣노라면 아하~! 머릿속이 뒤엉키는 그 무엇이 있다.

그의 제자들이 미래 한국의 등불이 되기를.
나의 제보 한마디면 지상파 방송에 이 특이한 인간을 내 보일 수 있건만(이웃을 위하여, 아들을 위하여?) 워낙 냉정하고(따스하고) 자기중심이 서 있는 터라, 아들이 무서워 도움조차 줄 수가 없다. 나는 빵점엄마다.

백점

선우가 백 점을 맞았다. 초등학생 2학년이 되고. 빅뉴스.

얼마나 백 점 맞기가 어려우면 이렇게 좋아하겠냐. 우리가 좋아한
게 아니고 선우가 완전 미쳤다. 자기가 처음으로 백 점을 맞았다며
난리가 난 것.
"내 평생 처음이야~!!"
아주 그냥 좋아서 몸부림치는 선우.

2학년이 되도록 지난 일 년 동안, 그리고 지금까지 그 흔한 백 점을
맞아 본 적이 없었던 것. 우리야 뭐 어쩔 수 없지, 그러려니…… 했지.

요새 백 점이야 뭐 수두룩할 텐데, 선우는 난생처음 백 점을 맞고
스스로 좋아 죽는다. 그 기쁨 알았거든 이제 곧잘 백 점을 맞아 올까
그것이 궁금하다.
어떻게 네가 백 점을 맞을 수 있나? 이놈이 문제집을 0.5초나마 가
만히 들여다보냐고. 주의력 결핍에 흥분지수가 높아서 문제를 읽어

보는 자체가 불가능할 것 같거든.

그럼에도 황당한 것은 밖에서 들려오는 선우에 대한 평가다. 어른이나 아이 할 것 없이 선우를 좋아하고, 선생님께서는 학습 태도가 좋은 선우에게 뭘 더 바라시나요 하셨다니! 온 가족은 갸우뚱, 정말 상상하기 어려운 칭찬들.

선우, 고뇌의 흔적

내 머리에 쥐가 난다. 선우야 인생은 고행이란다. 견디며 이겨 내어라. 조각가 로뎅은 「지옥문」을 조각하는 데 37년이나 걸렸다.

선우의 시험지를 보며 침소봉대, 나의 고통까지 되새김. 가볍게 쓰고 있으나 글쟁이의 고뇌도 죽을 때까지다.

소파에 엎드려 자는 선우를 보니. 얼굴 밑에 읽던 책을 깔고 잠들었다. 책 제목을 보자 웃음 터진다. 「개 같은 내 인생」

볼따구 밑에 개 같은 내 인생이 깔렸구먼.

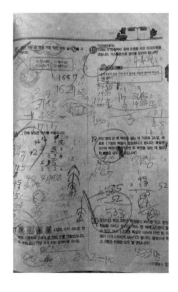

선우와 초등학교 시험지

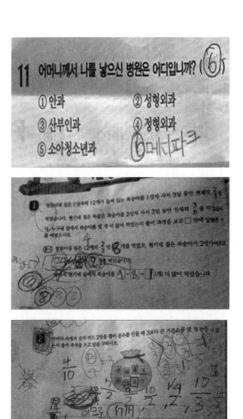

어이가 없네

선우가 5학년이 되는 개학 날. 패톡이 왔다.

일영(선우 엄마): 아침에 선우한테 살짝 향수를 뿌려 주며 '선우야~ 엄마가 초등학교 5학년 때 어떤 남자애를 좋아했거든? 왜 그랬는지 알아……? 그 애 몸에서 비누 냄새가 났어.'
선우 왈, '어이가 없네~'

가족들 각각 나타나 웃고 난리 났다.

모모(내가 말하길): 네가 더 웃겼네~ 68년, 희대의 유행어가 '그에게서는 항상 비누 냄새가 난다.' 강신재의 『젊은 느티나무』 새롭다!
일영(선우엄마): 선우의 표정을 봤어야 하는데, ㅋㅋ

이건 또 '어이가 없네~'로 히트 친 매력적인 배우 유아인의 대사 흉내가 되었으니, 아참 또 있다. 유아인을 패러디한 가수 GD—하하하. "어이가 없네~"

제주 플리마켓

뭐니 뭐니 해도 제주도 사는 재미. 인간 네트워크. 예술 집성촌이라 했겠다. 저 나름의 재능과 재미로 각자의 작품들을 만들어 제주도에서는 거의 매일같이 플마(플리마켓의 준말)가 열린다.

크고 작은 플마 소식. 크고 작게 저 나름의 게시판에 정보가 뜨고, 하다못해 "개똥이네 앞마당에서 플마 있습니다." 해도 규모마다 나름의 재미가 있다. 물론 여기 코드가 맞고 정서가 맞을 때.

우리 가족은 유전자부터 예술 빼면 시체다. 가장 신기한 것은 며느리. 어찌 그놈은 가족과 코드가 딱 맞는 정서를 가졌는지. 아들이 연애할 때 미싱을 사 주었다. 즈 엄마, 누나의 문화를 어깨너머로 배운 것이지.

암튼 미싱에 미짜도 몰랐던 며느리는 아들과 함께 미싱을 맞이하고 그 후로 미싱 박사가 되었는데, 이건 단순한 문제가 아니다. 여성에게 미싱 작업이란 남성의 목수 일과 같다고나 할까? 머리 좋아야지, 센스 있어야지, 미적 감각 뛰어나야지 등등.

어쨌든 여가에 모든 가족은 즐겁다. 할 일이 있기 때문. 그것도 혼을 쏙 빼놓고 즐겁게 만드는 창작의 기쁨. 더구나 이렇게 만든 것을 매주, 매일, 혹은 계절별로 플마에 나가서 판매할 수 있다.

초창기에 플리마켓 성과가—종일 사람들과 어울려 교제하고 자연에서 즐겁게 놀면서—어찌 고생이 전혀 없으랴만 하루 마치고 오면 주머니에 돈도 제법 들어와 있다.

맥켄나의 황금 캐기 같은 플마. 평소 여가에 머리 마주 대고 앉아 만드는 창의적 재미의 소품들.

이제 제주도민이 된 이력도 수년째, 플마의 주요 셀러가 된 가족들.

오죽 놀러 가기 좋아했나, 바다를 좋아했나, 태양과 자연과 소풍을 좋아하지 않았나, 그 모든 충족과 함께 플마는 생활의 중심, 재미와 보람의 중심이 되었다.

수입이 몇십 홀쩍 넘을 때도 있고(재벌이 들으면 웃을라) 물건이 없어 못 파는 경우도 많다. 왜냐하면, 일일이 핸드메이드니까.

재료와 인력이 따라 주지 못함은 당연한 이치, 공산품이 아니란 말이다. 우리 가족은 '가내 수공업자'들이 되고 말았다. 흑흑.

어쨌든 초짜 시절 십만 원을 벌고 '우와~~~대박!' 비명을 지르더니, 요즘은?! '오늘 십만 원 벌었다' 하면 즉시 메아리치는 대답 '우아~ 망했다'란다. 하하하~

'적게 벌어 모은 돈이 소중하다. 욕망의 전차가 되지 말지어다.'

알아, 알아, 안다구!

타미 리 제주화투

오랜 시련 끝에 작품이 탄생했다.

우리가 뜻없이 100년 동안, 그 이상을 사용해 온 일제 식민지의 잔재. 붉은 화투를 물리치려고 뽀얀 우윳빛 블루, 우윳빛 핑크를 바탕으로 기분도 반짝 새롭다. 제주화투로 거듭난 것이다.

아마 미국에 오래 사는 동안 남다른 '조국관'이 있었을 것이다. 그 결과물이 심혈을 기울인 '타미 리 제주화투'다. 아들의 민족화투.

예를 들어 화투의 비광을 보면 버드나무 아래 우산 쓰고 게다 신은 일본풍 남자—헤이안 시대에 이름을 날린 서예가 '오노도후'—가 있다. 일본의 중요 인물이다.

아들의 화투에는 어여쁜 제 마누라가 등장한다. 제주 플리마켓 그늘에 좌판을 놓고 앉아 있는 평화로운…… 상징. 하하하. 100년 묵은 일본 잔재 청산이다.

내가 가장 좋아하는 디자인은 시월 단풍(10월, 풍). 넉 장을 잘 배치하면 비로소 디자인이 보인다. 세계적인 풍광, 제주도의 천백 (1100)고지 도로가 펼쳐지고 사슴이 보이고, 비스켓 조각만 한 화투짝 48개마다 민족(제주) 정신을 담아 낸 '타미 리 제주화투', 각각의 넉 장을 맞춰 보는 재미도 압권이다.

판매 원칙도 철저하다. 전국 업자들이 찾아와 삼고초려해 봤자 No~!

이익과 자본욕을 넘어 지역사회의 문화긍지와 상도덕, 질서와 정의와 바른 정신. 내가 아들을 사랑하는 이유. 몸이 부자유하니 세상 조용히 자기 일을 해 낼 뿐.

그것을 지켜보는 가족도 마찬가지. 오직 기도할 뿐…… —나마스떼.

좌골신경통

어깨·허리·무릎·팔·무릎·팔~ 하듯이 늙느라고 아주 가끔씩 몸 이곳저곳이 신호를 보낸다. 요 며칠째 엉덩이 오른쪽이 아파서 운신 하기 힘들었다. 바지를 입으려고 다리를 올리는데도 오른쪽 다리는 낑낑~

혼자 생각해 보았다. '좌골신경통'—내가 아픈 증세의 명칭이 저절 로 떠오른다. 이런 게 좌골신경통이구나…….

때마침 친구의 전화가 왔다. 내 목소리 저절로 힘이 없으니 친구가 묻는다.

"어디가 아파?"

"응, 엉덩이뼈가……. 오른쪽이……. 그런데 좌골신경통은 있는데 왜 우골신경통은 들어 본 적이 없지? 난 오른쪽이 아픈데."—우골 신 경통!

친구가 갑자기 죽어라 웃는다.

"야 야~누가 들으면 너도 모르는 것이 있나 하겠다야…… 끄억끄억."

"???"

"그게……. 좌우 좌가 아니고, 앉을 좌야!"

"꺄악~! 오마이 갓! 그렇구나!!!"

비명과 함께 나도 끄억대며 웃어야 했다. 아! 오늘 한 개 배웠다. 대박이다. 좌골신경통은 좌측이 아니고, 앉을 좌. 앉을 때 골반. 그렇고말고.

그래도 친구는 마지막 인사를 덕담으로 남긴다.

"네가 워낙 병원과 멀어서 모르는 게 많지……. 건강 덕분이야."

오늘의 새로운 배움이 이렇게 뿌듯한 까닭은 워낙 상식적인 것을 천하에 모르고 있었던 나의 무식이 하나 해결되었기 때문이다. 평생 혼자 오역(잘못 이해)할 뻔했네.

용돈 드릴까요?

나도 제주도 이주. 드디어 안착. 비밀이지만 잠시가 될지도 모른다. 아이들이 정성껏 마련해 놓은 집을 나 몰라라, 싫어! 할 수는 없었고.

새집에 와서 보니 고생들이 많았다. 짐작했지만 서두. 세심한 배려, 자잘한 가구들, 집기들, 소소한 돈도 제법 들었을 테고 하여.

삼 남매 각자 얼마를 투자했는지 지출 상황을 이실직고하도록 타이르고 보니 액수가 나온다.

통장 한 개를 털어서 즉석에서, 온라인으로 세 놈에게 각각 헌혈한 액수를 부쳤다.

큰놈이 '으아 돈 들어왔다. 엄마, 용돈 좀 쏴 드릴까요?'—하하하.

내가 부친 걸 받고, 돈 들어왔으니 용돈 쏠까요?라니. 효도성 발언, 유머로 음미하세요~

소로우[1] 집

제주도. 나의 오두막집에 문패를 달았다. '소로우 집'

초록 바탕에 노란 글씨로 써 놓은 우리집 이름표.

정원이 발달한 영국에서는 집집마다 주인의 철학이 담긴 문패가 있듯이.

'소로우 집'은 나와 오두막에 잘 어울리는 문패다.

일생 동안 집 밖을 나와 주로 대학가의 까페를 운영했던 나는 항상 공간에 갇혀 있었던 셈이다. 그리하여 밖에서 뭔가를 얻으려는 욕구가 일찍이 없는 편이고, 지금은 더구나 자유로운 나만의 시간을 만끽하다 보니, 밖으로 나갈 필요를 느끼지 못한다. 저절로 생긴 명칭이 항동 소로우였다. 이제 제주도의 납읍 소로우가 되었다.

비바람이 불면 오두막 지붕에는 마치 헬기 수십 대가 내려앉는 굉음에 시달리고. 그보다 더한 화장실은 (본체가 아니고 밖으로 달아

---

[1] 헨리 데이비드 소로우: 자연주의 사상가, 문학, 시인. 하버드를 나와 부와 명성을 얻는 직업이 있음에도 외딴 숲 호숫가에 오두막을 손수 지어 노동으로 자급자족하는 무위를 실천한 사람. 19세기의 명작 『월든』을 남겼다. 그는 우리가 살고 있는 반경 4킬로미터 내에 모든 것을 두고 굳이 여행을 떠나는 것조차 의미를 두지 않음.

낸 화장실이고 보니) 이건 마치 람보가 쏘아대는 따발총이 지붕을 뚫을 것처럼 무시무시한 굉음. 바람과 비가 내는 소리가 어찌 그토록 공포스러울 수가 있을까. 이불을 부여잡고 누워 있노라면 내 심장까지 할퀴고 갈 제주의 바람.

태풍이 지나가고 날이 밝자 독거노인 과연 별일 없나 하고 가족들의 안부다. 사소한 불편을 일일이 말하고 싶지 않다. 바람? 제주도는 바람도 관광이다! 대수롭지 않게─

난 강해지고 싶다.

가난을 가꾸라. 정원의 화초를 가꾸듯.

그대가 외롭지 않도록 숲과 산과 자연이 돌봐줄 것이다.

그대, 자연을 놓아 두고 천국을 말하다니! 그건 대지를 욕되게 함이로다.

- 소로우

이웃집 찰스

나의 오두막에서 2분 거리에 이웃집 찰스(방송 버전)가 산다. 영국남자다. 5살 윌리암(수퍼맨 버전)도 진짜 윌리암과 흡사하게 닮았다. 내가 윌리암의 광팬이거든.

그는 일주일에 하루, 두 시간, 어린이 영어수업을 해 준다.
찰스네도 어린이들 집도 한창 삐약거리는 육아기 시절이라 집안이 어수선해서 공개를 꺼린다는 정보와 함께, 나의 오두막을 빌렸으면 했다. 흔쾌히 허락하고 나는 일주일에 두시간 집을 비워 준다.
그 시간만큼은 규칙적인 산책이나 체육공원에 가서 운동을 하기로 맘 먹었다. 정확한 시간의 산책. 이번에는 철학자 칸트다.

영국남자. 영어수업. 나는 이민자의 삶에 특별한 배려를 한다. 세상의 많은 외로움 가운데 내가 살던 땅과 흙을 멀리 떠나온 용기. 여기에 원고지 천 장은 날려야 할 것이다. 갑자기 가슴이 미어지는…… 인간과 고향. 지구촌. 인류의 파란만장한 역사. 그저 삼천포로 빠지는 나의 상상력 일파만파는 못 말려.

큰 사위(소원이 아빠)가 인터뷰를 해 보니 미국식 발음이 유창하더라다. 당신은 영국인인데? 하고 물으니, 한국 영어수업을 위해 미국식 발음으로 크게 노력했다는 것. 하하하.

공간을 대여해 주고. 소원이의 영어수업도 맡기게 되었는데 수업 방식은 재밌는 듯하다. 자유롭게 이야기하는 생활영어. 그래야지. 그렇고 말고.

25년 전의 독자

연말 무렵 놀라운 일이 벌어졌다. 타미 리 집으로 커다란 택배가 왔는데 열어 보니 편지 한 통이 있더란다.

'조은일 선생님께'로 시작된 편지. 그리고 잡화상 같은 화려찬란한 선물들.

대략 20여 년 전. 내 책에 등장하는 자녀들. 나의 아들 딸들.

특히 용걸(타미로 바뀐 아들의 본명인데 미국에서 돌아온 후, 타미로 불러 주고 싶었다. 본명을 부르던 세월이 고통스럽고 또한 타미는 유일하게 활약하던 미국에서 스스로 지은 이름이니까. 존중하고 싶기에. 인간은 누구나 제 이름만큼은 자기가 지어야 하지 않을까. 그런데 이미 태어나기도 전에, 혹은 내 의지와 아무런 상관도 없이 지은 이름을 평생 동안 사용한다는 아이러니. 멋 좀 아는 인간치고 자기 이름에 만족하는 사람 있을까? 하하하~ 영순이 영회 영미 미영이 미순이 희순이……(선조들께 죄송. 이름을 가진 분께 죄송. 여기 내 이름도 있다)—아 또 작명으로 빠지면 원고지 백 장 깜.

20여 년 전. 독자들이 많았고, 특히 청소년 독자층에도 잊을 수 없

202

는 몇몇 고교생이 있었다.

'저는 간호학과 다닙니다. 용걸오빠를 잘 간호할 수 있습니다'

'저는 영양학과 진학할거에요. 오빠를 위해 공부하고 싶어요'

멀리서 가까이서 그 어린 청춘들이 어떻게 집까지 찾아왔는지. 남산 도서관에서 단체로 전화를 바꾸던 남자 고교생들.

'선생님 책이 너무 좋아서 친구들 데리고 오늘 도서관에 왔는데 책이 없어요. 사서님께 여쭈어 보니 그 책을 서가에서 다 뽑아야 한다는 지침이 내려왔다는데요…… 작가님께서는 알고 계시는지요……' 이게 또 책 한 권 감의 한국 근대사다.

아무튼 우리집 경비실 앞에서 몇몇 독자를 다독이며 돌려 보낸 기억이 있다. 용걸이는 어떠한 약속도 할 수가 없고, 지킬 수 없는 생을 살아야 하고, 그 아픔에 진단을 내리는 순간 '당신은 남과 다른 삶을 살게 될 것입니다'에 다름 아니라던 의사 선생님…… 그런 말과 함께 청소년 독자를 보냈고, 그 후 두 번째 작품집에서 '○○양을 비롯한 여러 독자들에게'라는 편지를 실었어야만 했다. 바로 그 ○○양이 25년 만에, 어제처럼 오늘처럼, 가까운 이웃처럼 나타난 것이다.

대략 십대 말이던 고교생이었는데. 그간 IT 강국답게 여러 채널을 통해서 우리 가족 낱낱의 소식을 접하고 있었나 보다. 고교생이 자녀를 둔 중년이 되어(우리 자녀들과 비슷) 모든 안부가 어제 오늘 만난 사이처럼 자연스럽게 묘사되어 있고, 특히 타미(오빠)의 인생을 쫘악~ 파악하여, 심지어 자기 아이들도 큐브 교실에 나가고 싶다는…… 따뜻한 연말 인사를 선물 한가득 담아 보낸 것이다. 제주도 타미의 집으로. 이 얼마나 놀라운 일인지. 소녀에서 중년까지 한 권의 책이 준 인연. 그 감동이 쓰나미로 몰려오면서『순수의 시절』한 편이 지나가는 것을 맛보았다. 그 시절만 해도 독서의 힘이 있었고, 인문학에 빠지는 여유가 있었나 보다.

항동에서 소로우로 살 수 있었던 것도 적지 않은 독자와의 교류 때문이었다. 여러분께 고마움을 전한다.

이번 책은 어이없게도 완전히 역발상적인 몸부림에서 엮어내게 되었다. 반어적이라 할까?

유머라니! 사회가 통째로 흔들려 힘든 정도가 아니라, 걱정과 분노가 켜켜이 쌓여 가는 현실에, 사소하기 짝없는, 가족들의 실없는 웃음, 이거라도 건져 내지 않고는 견딜 수 없이 무자비한 현실. 그 격변의 끝에 실성하듯이 나온 책이다. 십여 년이 걸려 2019년도 저물어 간다.

누가 뭐래도 내 가슴에 박혀 있는 아들의 장애. 문 밖 출입조차 불가한 아들이 '기왕 죽을 거 나가서 죽겠다.' 하고 29세 겨울에 미국으로 떠났다. 극한 소설이지, 이런 걸 써야지.

그 아들, 한국의 스티브 잡스가, 미국 텍사스에서 한치의 과장 없이 '백만불의 사나이'가 되어 돌아왔다. 12년 만에 40 중년을 넘기고 가족 곁으로. 모국으로.

미국—법과 질서와 더불어 사는 사회. 힘의 나라. 어쨌거나 큰 틀은 이런 사회였다.

그 사회에서 유명인사로(자타가 하는 농담, 댈러스에서 타미를 모르면 간첩입니다) 개인이든 나라에든 피같은 백만 불을 부자유한 몸으로 성취해 온 아들이 한국에 돌아와 모든 걸 잃는 데는 채 3년도 걸리지 않았다.

개인의 파산에 아무런 안전장치가 없는 나라. 원칙을 지키면 무너지는 땅, 자조 섞인 아들의 말. 이 땅에 만연된 부조리의 전 과정을 밟아 아들은 파산했다.

그러나 걱정 마시라. 삶은 돈이 전부가 아니므로. 백만 불을 날릴 때까지 그 피울음을 혼자 견딘 아들. 나는 알지 못한다(이런 걸 써야지).

한국에서의 아들은 다시 문밖을 나오지 않는 장애인으로 살 뻔했다.

그러나 나의 시각으로 아들만큼 온전한 인간이 드물다. 문밖의 많은 사람이 이미 장애인일 수도 있겠다.

서울 도심 외곽에 50m 반경을 두고 오순도순 각자 따로 또 함께 살던 대가족.

소설 같고 그림 같은 가족을 보이자는 내용으로 결국 교육방송 3부작씩이나 과분한 출연을 했었다. 자연환경 덕택이었다. 인간은 무엇으로 사는가?

이렇듯 생명줄 같은 친환경 우리 동네가 '서울 항동지구 개발사업'으로 파괴되는 시뻘건 현장을 매일 보면서⋯⋯. 분노의 역류(이런 걸 써야지).

그러나 뼛속 깊이 절실한 것은 쓰지 못한다. 언어 장애가 오는 것이다.

우리가 난파선에서 뛰어내려 정박하려고 발버둥 치는 딱 그 시기에, 광화문에 촛불이 거대한 분출의 용광로가 되는 감격. 으아~! 새 역사를 쓰자. 새로운 마음으로 살자.

거대한 중환자 상태로 촛불이 정부를 세우기까지—나도 붓이 꺾인 세월. 이건 과장이 아니라 분명한 사회적 영향이다.

이제 긍정과 희망의 에너지로 펜을 들자고 보니, 가벼운 맨손체조가 필요하다. 가벼운 워밍업, 몸풀기에 나섰다. 참을 수 없이 가벼운^^ 유머집으로 나의 안위를 독자에게 전하고 싶다.

'코리아여 그대는 동방의 별이니……'

타고르의 말처럼 이제 우리는 동방의 별이 되리라. 국민이 먼저 깨야 하고, 그 힘으로 협력하여 진정한 선진국의 반열에 오르기 바란다. 간절히 염원하며, 『웃어봐요』를 내놓는다.

웃어봐요

ⓒ 조은일, 2020

초판 1쇄 발행 2020년 2월 21일

지은이   조은일
펴낸이   이기봉
편집   좋은땅 편집팀
펴낸곳   도서출판 좋은땅
주소   서울 마포구 성지길 25 보광빌딩 2층
전화   02)374-8616~7
팩스   02)374-8614
이메일   gworldbook@naver.com
홈페이지   www.g-world.co.kr

ISBN   979-11-6536-138-9 (03810)

이 도서의 국립중앙도서관 출판예정도서목록(CIP)은 서지정보유통지원시스템 홈페이지(http://seoji.nl.go.kr)와 국가
자료공동목록시스템(http://www.nl.go.kr/kolisnet)에서 이용하실 수 있습니다. (CIP제어번호: CIP2020005173)